結《ゆ》愛《あ》へ

目黒区虐待死事件
母の獄中手記

船戸優里
Yuri FUNATO

小学館

結愛ちゃんは公園でお弁当を食べるのが大好きだった（2016年8月・結愛ちゃん4歳4か月）

香川県観音寺市の海辺にて（15年12月、結愛ちゃん3歳8か月）

2018年1月21日、上京2日前に、母娘で県内の遊園地へ。ジェットコースターに設置されたカメラによる自動撮影のため、二人はカメラ位置を探している（亡くなる1か月半前）

結愛ちゃん、4歳の誕生日にて
（2016年3月20日）

筆者の姉家族と出かけた秋祭りにて
（2015年10月、結愛ちゃん3歳6か月）

上京直前、友人宅でのクリスマスパーティ
にて（2017年12月21日、結愛ちゃんが
亡くなる2か月半前）

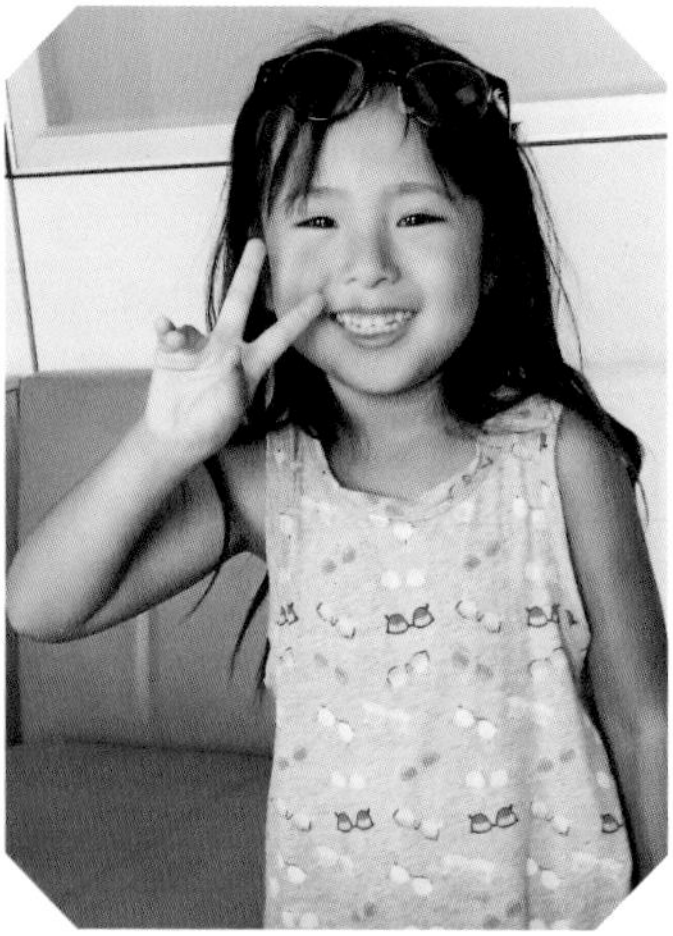

雄大の祖父母を訪ねた岡山県内の病院に
て。2度目の一時保護解除の直後だった
（2017年8月、結愛ちゃん5歳4か月）

結愛へ　目黒区虐待死事件　母の獄中手記

出版にあたって

船戸優里さんは、２０１８年3月2日、衰弱した娘・結愛《ゆあ》さんを病院に連れて行かずに死亡させたとして、保護責任者遺棄致死罪で、6月6日に逮捕されました。生前の結愛さんに課せられた過酷な日課や〈おねがい　ゆるして〉という悲痛なメッセージが報じられると、社会に大きな波紋を広げました。

　なぜ、やせ衰えた娘を病院に連れて行かなかったのか。なぜ、衰弱するほどまでに食事が制限されたのか。なぜ、過酷な日課を娘に強いたのか。なぜ、母親は夫の娘への暴力を止めることができなかったのか。なぜ、誰かに助けを求めなかったのか。

　誰もが疑問に思い、直接暴行した継父はもちろんのこと、これを見逃し続けた実母の優里さんが指弾されるのもやむを得ない状況でした。

　私は、２０１８年6月、優里さんの弁護人に選任され、東京地方裁判所の一審の弁護人となりました。彼女は接見室で、誠実に、持ち前の几帳面さからか、言葉を選びながら丁寧に質問に答えようとしてくれました。しかし、どこか茫洋《ぼうよう》としてとらえがたく、結愛さんのエピソード、夫との生活は、各場面としては語ってくれても、時系列があいまいでした。

　何より夫を非難することもなく、結愛さんが亡くなる直前のエピソードも一切出てきません。ストレートな感情表現がせき止められていて、現実感覚が失われているのではないかと感じました。

彼女は、弁護人以外のすべての人との面会や手紙の外部交通を自ら拒否し、限られた時間に外気を吸える運動時間にも居房から出たがりませんでした。その彼女が、ようやく、少しずつ弁護人以外の人からの手紙を読むようになったのは、2019年9月17日東京地裁の判決を受けてからです。彼女は、多くの人の励ましや取材の申し入れを受け、少しずつ、裁判以外の場で自らを語ってもいいと思い始めていました。

そのころ、私は、彼女が逮捕後、ノートに自分の気持ちを書きとめ、吐き出していることを知り、これを読ませてもらいました。そこには詳細に記憶された、夢と現実が交錯しながらも、彼女の狂おしい内心の吐露がありました。これは到底法廷で明らかにできるものではありませんでした。

それが、本書のプロローグと第4章以下の文章です。私は、裁判という限られた時間と場所でしか表現できなかった彼女の混乱と苦悩を、ぜひ多くの人に知ってもらいたいと思いました。また、優里さんもこの手記がどう読まれるのか当初怖がりましたが、それでも同じような思いをしている方に伝えることが出来たらと、公開を決意し、出版社の理解も得て、本書が刊行されることになりました。なお、逮捕後に日記形式で綴られていたため、事件に至るまでを振り返った第1章から3章については、本書のために加筆してもらいました。

本書を通じて、優里さんが結愛さんの死を止めることができなかった経緯や、児童虐待とDVの実相を知っていただきたいと思います。そして、児童虐待やDVで傷つき、命を落とす子供が一人でも少なくなることを切に願います。

弁護士　大谷恭子

デザイン　佐藤亜沙美（サトウサンカイ）

プロローグ

梅雨

　大きさだけが取り柄の真っ黒でシンプルな傘をさしながら、警察官らと共に自宅の敷地内に停めてある車へと向かう。一粒一粒がはっきりくっきりつぶ立った、梅雨の時期特有のザーザー雨だった。こんな日は、いつもならパチパチパチという傘にはじかれた音も心地よく感じる。でもこの日の私の心には何も響かない。これから始まることはわかっていた。時間を止めて、すべてを世界に委《ゆだ》ねよう。私は雨に祈った。

〈私の汚れた心と体を洗い流していただけないでしょうか〉

　車が停車しているそばに、蛇口と、丁寧に巻き取られ自分のいるべき場所にきちんとおさまっているホースがあった。これが香川県の実家を離れる最後の光景だった。

〈そういえば小学生のころは、よくあそこで上靴を洗ってたなぁ〉

制服のスカートも毎週自分でアイロンをかけていた。しわしわだったスカートのひだがアイロン後にはピシッとなるのが気持ちよかった。明日からも1週間、学校頑張れよと「ピシッ」と背中を叩かれて応援してもらっている気がして、アイロンがけが日曜日の楽しみの一つになっていた。

お父さんとお姉ちゃんは耳掃除が大好きな私の犠牲者だった。いつも「エーッ」と言いながらも私のお願いを笑って引き受けてくれていた。

トイレ掃除も好きだった。小学校で清掃場所を決める時には、なるべくトイレを選んだ。なんでみんなトイレ掃除を嫌がるんだろう、と不思議だった。

トイレは自分でトイレ掃除ができない。トイレは自分が汚したのではなくて誰かに汚されている。汚されたものが本来のきれいな姿に戻る手助けをしていると思うと、気持ちがすっきりした。私も一緒にきれいになっている気がした。

「心」も体の中から取り出せて、ピカピカに磨き上げられたらいいのに。

「心」が傷つかないように「心」に直接頑丈な保護シートが張れたらいいのに。

車の中での警察官の話は何も頭に入ってこない。沈黙しきった車の中でカチカチという金属音だけが響いていた。手首に冷たくて硬いものが当たった。

娘と息子を連れて上京して、東京の目黒のアパートで暮らし始めてから、長い長い夢が始まった。思えば、あの人は私たちを迎えいれるために１か月準備したと言っていたが、玄関を開けると空気はどんよりと重く、照明も少し暗かった。それから今日で１３５日になる。[*1]

娘が死んだ夢の次は自分が逮捕される夢か。

もう何が起きても驚かない。いつになったら目が覚めるんかな。目を覚ますには何をすればえんかな。結愛はどこにいるんかな。でも、この安堵感は何なんだろう。

＊１　筆者は、２０１８年１月23日、娘の結愛ちゃんと息子を連れて、香川から東京都目黒区のアパートに向かう。夫・雄大は、前年12月17日に一足先に上京して準備を整え、家族を待っていた。筆者らの上京から１３５日後（結愛ちゃんの死から97日後）の２０１８年６月６日に逮捕される。筆者が日誌を書き始めたのは同年８月に東京拘置所に移管され、ノートを購入してからだという。

逮捕していただいた

２０１８年6月6日、私は娘を死なせたということで逮捕された。いや「死なせた」のではなく「殺した」と言われても当然の結果で、「逮捕された」のではなく「逮捕していただいた」と言った方が正確なのかもしれない。

車の次は、新幹線に乗った。そして再び車に乗せられると、「目的地はすぐそこだ」と伝えられた。顔を上げて前を見ると、少し先に大きな光の穴を見つけた。

〈あっ、あれが現実の世界に戻れる穴か。本当にあんなのあるんや。すごい。テレビの世界に入り込んでいるみたい。でもそんなの今はどうでもいい。とにかく疲れたから早くこの夢から覚めてみんなに会いたい〉

私の中の時計が激しく狂う。さっきまで私の体がこれが1秒だよと認識していたものを、それが1分だと強制されるような感覚だ。抵抗は許されない。

〈ゆっくりでも光の穴には着実に近づけている。だから大丈夫だ〉

だが、近づけば近づくほどなにやら様子がおかしい。光の穴の下に数十本の足が見えた。人間の足と脚立《きやたつ》の足だ。心から「ゔっ」という声が漏《も》れそうになるのをこらえるのとほぼ同時に、体がふわっと軽くなった。

簡単に言えば、私の魂の半分がすっと別世界に旅行に行ったということだ。そう感じるのは、私の魂の半分は必ず私の元に戻ってきてくれることを知っているから。

別世界に行く時は口からでも頭からでも耳からでもなく、腰から頭のてっぺんである上半身の部分が、臓器も皮膚も何も持たず、透明になって一瞬にして上に向かって「スッ」と抜ける。

一瞬という感覚の中でも最上級の一瞬の出来事だ。

私は、魂が半分なくなった時も普段と変わらず、その時見たことを覚えている。鮮明に覚えている時もあれば、もやっと覚えている時もあり、その違いは私にもわからない。これは私にとって、何も特別なことではなかった。

留置場の生活

いつものように自分の体が雲のようになっているのを感じる。透明（透明に限りなく近く、少しモヤモヤと濁《にご》っていて、しわがたくさん入っている）の雲が私の目を支配しているのか、私の眼に映った人や物、風景を支配しているのか、どっちなんだろう。

檻の中に入る。

結局、私は誰かに監視されていないとダメな人間なんだろう。どうせ私はまともな人間ではない。ゼロをただの人間だとすると、どうせ私はマイナス１００の人間だ。いくら頑張ったって何の取り柄もないゼロの人にすらなれない。彼はよく言っていた。

「まわりで楽しそうに生き生きしている主婦とお前は違う。あの人たちは陰で努力をしているからこそ、表で余裕のある振る舞いができているんだ。みんな楽《らく》しているように見えて苦労している。お前はマイナス１００の人間なんだから、少し頑張ったくらいで調子に乗るな。勘違いするなよ」

私は、これまで肩の力を抜いて楽に生きてきた。そんな生き方が私には合っていた。

だが彼と生活するようになってから、気がつけばいつも私は歯を食いしばっていた。あごの動きが鈍っているから、意識した時にはあごが痛いという感覚に襲われると言ったらいいか。なぜこれほどまでに全身に力が入ってしまうようになったんだろう。

頑張ったなんて簡単に言ってはいけないってわかっている。でもね、私、頑張ったんだよ。彼も児相（児童相談所）も病院の先生も、お母さんしっかりしなさいって。

やっているよ。やってるじゃん。みんなからの言いつけ必死に守っていたよ（守ろうとしていたよ）。結愛のことも必死に守っていたよ（守ろうとしたよ）。

結愛には私みたいにデブでブスで、人に利用されて捨てられるつまらない人間になってほしくなかった。彼の言う通り、私みたいに友達が少なくてまわりからバカだと思われ、振り返れば楽しい記憶なんて一つもないような寂しい人生、結愛には絶対に歩ませたくなかった。どうやったら結愛が毎日笑って過ごせるのか、どうやったらまた前みたいに仲の良い家族に戻れるのか、それが無理なら、どうやったらまた結愛と二人で暮らせるのか。毎日たくさん考えた。

どうしてこんなことになったんだろう。私の何がいけなかったんだろう、やっぱり私の存在がいけなかったのかな。

助けてほしかった

2017年8月、結愛が2度目の児相保護から帰された。[*2]

彼は結愛を嘘つきと言って許していない。きつかった、助けてほしかった、でも彼はやってない（結愛を暴行してない）と言い張った。

みんな、あなたの考え方がおかしいんだと言わんばかりに私だけを注意した。

違うの。これは私の意見じゃないの。彼のご機嫌をとることでしか結愛と自分を守ることができなかったの。彼は児相が自分たちを邪魔していると言うし、結愛を幸せにできるのは自分たちしかいないと言うし。

彼の意見を私が代弁し、児相や医師の反応を彼に報告しないと彼の機嫌が悪くなる。

迷って迷って迷って。答えをいつまでたっても出せないでいた。正確な計算式と正しい答えを求めようとしていた。その計算方法は間違っているよ、と指摘されないように。

いつもまわりの誰かの反応を気にして怯《おび》えていた。計算方法も答えすらも一つだけではないということに気づかずに、この世にたった一つしかないと思っているものを必死に探し求めてさまよっていた。

そんなもの見つかるはずもないよね。この世にたった一つしかないものが何なのか私自身わかっていないんだから。それなのにバカみたい。

２０１７年10月、彼のもとで子育てや生活することに絶望しか抱けなくなり、自分が死なないと決着がつかないとまで思った。

あの時に死んでおくのが正解だったなあ。迷ってもとりあえず行動する。昔の私はそうだったのに。

私は自分が死んだ後のストーリーを想像した。

もし私の想像通りに事が運ばなかったら、結愛はどうなる？

今よりももっと辛い思いをさせてしまうことになったら、誰が結愛を助ける？

そう思うと怖かった。悩んだ。考えた。バカなりに必死に。

私は一旦、自分を殺すことに決めた。死んだふりということだ。

〈自分は今、死後の世界にいるんだ。だから何も辛くない。死んだら痛さも苦しさも感じないはずだ。大丈夫。私は死んでいる〉

何度も言い聞かせた。

どうやら私は「頑張る」の意味をはき違えていたかもしれない。それでも私の努力らしいものは、まわりにはあまり伝わっていなかったみたいだ。それはそれでいい。私だけ頑張ったなんて思っていない。思ってはいけない。

＊2　香川時代の16年12月、自宅前に放置されていた結愛ちゃんを近隣住民が発見し通報。警察が怪我を確認し一時保護。17年3月にも結愛ちゃんが一人で外にいるところを警察が発見し、一時保護。1度目の保護では雄大は体罰を認めたが、2度目の保護では認めなかった。いずれにせよ、どちらの保護も不起訴となる。

だからお願いです

さぁ、そろそろ時間だ。私がもっと早く決断していれば、こんなにたくさんの人を傷つけずにすんだ。反省を態度で示そう。結愛に対する最大級のごめんなさい、という気持ちと、お前が生きているせいでまわりのみんなが迷惑しているという自分への怒りの気持ちを込めて。

建物の中の、檻の中の、布団の中で、私は両手を首に持っていく。巡回している刑務官の足音に耳を澄ます。コツコツコツ……足音は遠く、弱く、遂には静寂な空間が訪れた時、今だっ、と思い自分の持っている力をすべて指に込める。苦しくない。むしろ気持ちいい。これで夢から目覚めたら結愛に会える。最初からこうしておけばよかったんだ。やっと結愛に会える。

頭の中の映像が結愛の笑顔からがらっと変わり、脳みその中には紫色の染色体がうにゅうにゅと数えきれないほどいるのが、閉じているまぶたの裏に映る。１本１本がせわしく動き回りぶつかり合いながら、みんな混乱しているようだ。

首から上に酸素が行かなくなっていくのを感じる。あと少し。もう少し。頑張れ。手がふっと緩んだ。そっと目を開ける。そこには変わらぬ光景があった。

自己防衛というやつなのかな。本当に卑怯な体だ。娘のことは防衛しないで自分は防衛するのか。自分が憎い。いい加減にしろよと呆《あき》れた。

もう捨てたい。私の魂さん、今度は半分ではなく、全部、私の体から出ていただけないでしょうか。結愛のところに連れて行っていただけるならなんでもします。あなたは生き続けなさい、ということ以外ならなんだってやります。

だからお願いです。結愛に会わせてもらえませんか？

第1章

結愛が生まれた日

実父

結愛が生まれるまでのことを振り返りたい[*1]。

結愛の実父となる彼の存在を知ったのは中学2年生の時だった。私のいたソフトボール部は隣の中学との合同チームだったため、隣の中学のグラウンドに練習に行くことが多かった。彼はその中学の野球部だった。だからなんとなく顔と名前を知っていた。

そして高校生活も残り少なくなってきた18歳の秋。偶然、彼のブログを見つけた。中学生だったあのころ、彼は私の存在を知っていたんだろうかと考えつつ、勇気を奮《ふる》って、お友達申請のボタンをポチッと押した。彼は、私とはまったく正反対の人間で、社交的で知識があって、友達も多かった。とても頼りになる楽しい人だ。

そんな彼とお付き合いできるようになって私の視界がぱぁーっと開け、見ていた世界に鮮やかな色がついた。

でもどこか不安も抱えていた。私はいつも、「相手が私なんかで大丈夫かな」と思ってしまう。そんな思いを打ち明けてみた。すると彼は「俺に見合う女になれ」の一言。「なんてカッコイイんだ」と思った。あんなに脳みその奥の奥から足のつま先まで、全身がとろけそうになったことなんてなかった。中途半端で納得のいかない学生生活ばかり送ってきた私にとっては「生きててよかった」と思った瞬間だった。

それからの毎日は、朝が来るのが楽しくて心が明るくなった。携帯を握りしめる時間が日に日に長くなった。携帯の暗い画面に映った自分を見つめ、「私、今いい顔してるな」と、照れ笑いをしてしまったことすらある。

そんななか妊娠した。私はとっても嬉《うれ》しくて彼に報告し、彼も喜んでくれた。お腹の中の赤ちゃんが激しくぐにゅぐにゅ動いている時、小さな可愛い足形がお腹に現れた。私は小さな足をつまんでみたくて、お腹の赤ちゃんと遊んでいる気分になり、早く会いたいな、とそのことばかり考えていた。幸せだった。

＊1　一章から三章までは、２０１９年11月下旬、本書のために筆者が書き下ろしたものである。それ以外は、日誌形式でノートに綴られていた。なお、読みやすさに考慮して表記や表現を改めたところがある。

誕生

２０１２年３月20日、予定前日の午前２時のことだった。私は珍しく夜中に目が覚めた。もう一度眠りにつけるように目をつむってじっと待った。するといきなりお腹が痛くなった。陣痛の始まりだと思って、病院へ向かった。

お腹の中の赤ちゃんは、すぐに私たちに会いに来てくれた。結局、私が痛いと感じたのは40分だけだった。

身長50・０㎝、体重２９５０ｇ。とってもとっても可愛い女の子だった。彼女の名前は彼がつけた。「二人の愛が結ばれた」ということで、結愛、となった。結愛はたくさんの親族に祝福され、可愛がられた。

結愛が生まれて３か月と10日。私たちは実家を出て、家族３人だけで暮らすことになった。すぐに保育園デビューした。

私たちは19歳同士の若い夫婦だったからお金もなく、私も仕事をした。初めての育児と仕事の両立は大変だった。でも、１年前までは高校生で、親に育ててもらっていた私が、自分の手でお金を稼ぎ、家庭を作り、自分でなんでもできるようになったことが嬉しくて、充実した日々を満喫《まんきつ》していた。

結愛は生まれた時、髪が薄くて、1歳のころもまだ髪の毛が短くて、ピンクの服を着せていたのに男の子と間違われたこともあった。

結愛が8か月のこと。初のお遊戯会があった。といっても、音楽が流れているステージの上で椅子に座っているというだけのものだったけど、娘の晴れ舞台に感動した。

1歳になっても、結愛が母親を困らすことは、夜泣きを除けばほとんどなかった。初めて歯医者に行った時も予防接種の時も暴れもせず、少し泣くだけ。いつもお利口さんだった。

そのころから、外に出て、動物園や遊園地、ショッピングモール、公園、たくさんお出かけをした。彼も結愛が大好きだったけど、お風呂に入れたり、おむつを替えたりといったことは、ほとんどしてくれなかった。

彼は、お出かけが好きで、毎週のように一緒に出かけたがった。嬉しいけど、たまには家でゆっくりしたい。それに、ガソリン代も食費もかさんでくる。だが彼は無頓《むとん》着《ちゃく》だった。

お金が足りなくなっても、相変わらず服やアクセサリーなどを買い漁《あさ》る。それでも結愛を可愛がり大切にしてくれていたから、彼に少し不満が出てきても、我慢しようと思っていた。

2歳になると、とても美人さんになった。二人で買い物に行けば、可愛い可愛いとおばちゃんたちに褒《ほ》められたな。

結愛は、桜と金木犀《きんもくせい》が大好きだった。私が好きだったからかな。毎年お花見に行って、桜の木の下でお弁当食べたね。

結愛はカレーが好物だった。ご飯を食べるようになってすぐ、1歳のころからずっと好きだった。カレー屋さんにも行った。牛丼屋に行ってもカレー。ファミレスでもカレー。家でもカレー。あとは、チョコレート、チーズ、抹茶味のものも好きだった。

少し後の話になるがテレビは刑事もののドラマをよく見ていた。「相棒」「科捜研の女」シリーズが好きだった。ストーリーを理解していたかは少し怪しいけれど。

夫婦関係

私は、結愛にきょうだいが欲しかった。だが彼は、私を抱こうとしなくなった。恥ずかしかったけど、おちゃらけて「ネ〜」と誘ってみたこともあるが、「気持ち悪い」と返された。私は驚き、でも自分が傷つかないように、笑って「いいじゃん〜」と返した。

すごくすごく辛かった。あんなに好きだって言ってくれていたのに。

結愛が2歳になったころにはお互いに不満が募《つの》り、2年前には好きという気持ちで覆い隠せていたことも、どうにもならなくなっていた。

私は彼に、お金をもう少し大切に使ってほしかった。ほんの少しだけ、一つでもいいから家事か育児を手伝ってほしかった。

私は、家計費が足りなくて、夜にコンパニオンの仕事に行くことがあった。仕事は別にいいけど、むなしくなる時があった。私は日中、営業系の仕事に就いていた。加えて家事も育児もやって、どうして夜にも仕事をしなければならないのか。さらに彼のお世話までしなくてはならないのだろうか。それなのに、彼から「お前はバカだ」「なんでそんなことができないの?」「気持ち悪い」と非難された。

私は二人目が欲しかったが、それ以上に彼にくっついて仲良くしたかっただけだった。せめてお金のことだけは理解してほしかった。

それでもいつかまた家族3人で楽しく過ごすことを願い、どうすれば彼にまた好きと言ってもらえるだろうかと考えながら、寝る時はいつも泣いていた。

そんな時、知り合いから「彼が子持ちの女の子と食事していた」という話を聞いた。私は聞かなかったこととして心の中にしまい込んだ。浮気と言えば大げさだけど浮気される私が悪いんだと思った。

彼は以前、私の姉に、私が風呂上がりで裸でうろうろしているのを見て、女として見れなくなったと笑いながら言っていた。でも風呂上がりに裸でうろうろしなくてはいけないのは自分が服着るのも後回しにしないと結愛が風邪ひくからだよ。結愛のお風呂も風呂上がりの着替えも手伝ってくれないから、私一人でするしかなかったんだ。

他の人はどうしているんだろう。みんなもっと女らしく振る舞っていたんかな。そしたら気持ち悪がられなかったんかな。

離婚

とうとう私たちは離婚することになった。彼とはその少し前に別居した。私は看護の勉強をしたいと言って別居を切り出した。本音は、別居すれば私のありがたみみたいなものを感じてもらえると考えたからだった。

本当は家族で仲良くいたかったのに。でも仕方ないよね。これからは結愛と二人で仲良く生きていこうと思った。結愛が寂しい思いをしないようにいっぱい楽しいところにお出かけし、母娘というより友達みたいに二人で自由に生きよう、と誓った。

結愛が2歳4か月になった2014年8月、私たちは離婚届にサインした。私は泣いた。彼もサインが終わって、泣いた。私は彼の涙の意味を考える。

なんで泣いているの？　彼は結愛のことが大好きだったから、またよりが戻るのではないかと少し期待していた。だけど、どうしていま泣くの？　結愛と別れるのが辛いから？

少しでもいいから、私と別れることが寂しいと思ってくれたのでしょうか。

私は離婚届を持って立ち上がった。するとその時、彼は私に「お前はマグロだからな」と言って笑った。

なんでそんなこと言うの、なんで笑っているの、好きな人と性行為をする時、積極的になれないことがそんなにダメだったの？ それで私のこと嫌いになったの？ 女の子なんだから。恥ずかしいから。大好きだから。だから大胆になれないの。でもそれをいま私に言って意味あるの？ 私とセックスしても楽しくなかったから近寄っても拒《こば》んだんだね。そういうことだったんだ……。

その場面が脳裏から離れない。彼の、ねばっこい、嫌らしい、にやけた顔がまぶたの裏に張りついている。お前ではなく、俺がお前を捨てたんだとでも言いたかったのだろうか。

私は、それからはお金を稼ぐために夜の仕事を選んだ。母子家庭の生活も気楽で悪くない。

2歳半の時、初の結愛との二人旅行を計画した。車で3時間半かけて県外のおもちゃ王国に行った。近くのホテルに子供が泊まるのにとてもいい部屋があったので、予約していた。到着するや子供用のピンクの浴衣を着せて、夜ご飯のバイキング会場に向かった。結愛はそんな気分ではなかったのか泣き出してしまったので、すぐに部屋に戻った。私はご飯を食べられなくて残念だったけど、結愛にとってはお乳が一番。それで喜んでくれるならそれでいいや、と思った。

翌朝、結愛とおもちゃ王国へ。当時流行っていた妖怪の腕時計をつけて入場した。受付のお姉さんに時計を「カッコイイね」と褒められると、はにかみながら長袖をめくって、もっと見えるようにしたのがおかしくて笑ってしまった。

そのころ結愛はよく私に向かって、手で銃の形をして、バキューンと言ってきた。私は「ウッ」と苦しんで、死んだふりをする。結愛はゲラゲラ笑って何度も私を撃ってくる。笑いはいつまでも絶えなかった。

夜泣きがなかなか治らないので、治療したこともあった。簡単な治療で、小児針といって、くぎで頭や体の肌をやさしくさすってあげるというもの。私もよく、手の平で結愛の体をさすってあげた。結愛も落ち着くみたいで、何回か通っているうちに少しずつよくなっていった。育児は大変だけど面白い。何も知らなかった私が少しずつ子育てについて理解できている。どんどん自分に自信がつくようになっていった。

離婚後も私は彼と会っていた。彼は相変わらず金遣いが荒くて、私にお金をせびることもあった。養育費も払ってもらえないのに、彼に強く言われるとどうしてお金を渡してしまうのだろう[*2]。

「お金ポストに入れておけよ」「いやだ」「マジで入れとけよ」「知らないよ」「入れとかんかったらほんま切れるけん」といった具合だ。お金の話をする時の彼は怖かった。

それでもどこかで私はもう一度彼との親子3人の生活を望んでいた。実際、離婚してからの方が私たちはうまくいっていた。私がたくさんお金を稼いで、性行為を上手にすることができたら、彼は私のところに戻ってくるかしら。

キャバクラの仕事は楽しかった。自分より人生経験豊富な人と出会えて、わいわい騒げてストレス発散して、非現実的な気分を味わえて、自分に合っているかもしれないと思った。

このころ、私は、愛のないセックスをした。マグロと言われた女性はどうしたらいいの。愛のない相手なら教えてくれるかもしれない……。そう考えて、男の人と会うことがあった。

行為後、彼らは「頑張ってるね」「上手だよ」「ありがとう」「また会おうね」と口々に言った。自分は誰かに必要とされている。私が人に与えてあげられるものは何もないと思っていたのに……。私の体が求められれば求められるほど、私の存在価値が高くなっていると感じていた。

同時期、彼に恋人ができて子供もできたと聞いた。離婚前からちらちら感じていた彼女。やっぱりあの人だったんだ。だけど、私はそんなこと、まったく気にしていないふりをしていた。

ある日、彼がその彼女との子供の動画が面白いんだと話してきたので「見せて」と言ってみると、彼は、何のためらいもなく見せてくれた。もうこれで終わり。この人が私の元に戻ってくることはもうないと、ようやく諦める決心ができた。

＊2　このとき元夫に貸した数十万円は、結局、筆者のもとに戻ってくることがなかった。

みかんのアート

彼との離婚後も、私と結愛はずっと仲良しだった。いつもくっついていて、手を繋《つな》いで、大好きって抱きしめて、笑い合って、私たち二人の間は、他人を寄せつけない特別なオーラで包まれていたと思う。

結愛と二人暮らしをしていた3歳のころには夜泣きもほとんどなくなり、お乳もやっと飽きてきた。

たまに昼間の保育園を休ませて、二人で遊園地や動物園に行った。結愛は観覧車が好きで、毎回2度乗るはめになる。初めて映画鑑賞をしたのもこの時期だ。「しまじろう」の映画で、劇中に声を出して笑ったりしてもいいのに、結愛は恥ずかしかったのか、静かに見ていた。恥ずかしがり屋なところは私そっくり。

映画館で大人しかった分、家に帰ったらはしゃぐんだろうなと思っていたら、本当にそうだった。

ある日私は寝坊してしまい「ごめーん」と言いながらリビングに行った。結愛はこたつに入って大好きなコナンのDVDを優雅に見ながら、みかんを食べていた。

私は結愛が手を伸ばした先を見る。手を伸ばしたのはこたつの上で、そこには皮がきれいにむかれ、一粒ずつ離され、同じ方向に正方形に並べられている大量のみかんがあった。みかん8個分。芸術作品みたいにきれいで思わず大爆笑してしまった。結愛も私を見て「ふふっ」と笑った。

私はみかんが特別好きなわけではないし、結愛も一生懸命食べていたけれど、結局食べきれずにごめんなさいした。神様、あの時はごめんなさい。

3歳の誕生日の日は、コナンくんが描かれたケーキを用意した。コナンくんの顔のクリームのところだけフォークで上手にそぎ取って食べたね。残ったスポンジ生地は、ばあばと私で食べたの。結愛がおいしそうに食べて満足ならば、それですべて良しだった。

そのころだったな、私がトイレ掃除をしていたら結愛が寄ってきて「何しよん?」と聞いてきた。私は「お掃除だよ」と答える。

「結愛がママのお腹の中にいる時にトイレ掃除いっぱいしたから、結愛みたいな可愛い子が生まれたんだよ」と教えてあげた。

「毎日トイレ掃除したら可愛い子が生まれるやって」ともう一度繰り返すと、結愛は言った。

「じゃあ、結愛も可愛い子欲しいからお掃除するー」

その後、一生懸命トイレを掃除していた結愛のいじらしい姿は、一生忘れられないだろう。

再婚

もう彼とよりが戻ることはないとはっきりしたら、店にいるボーイが私に優しくしてくれることに気がついた。その人は、東京の大学を出ていて、なぜこんな香川の田舎にいるのか不思議なくらいだった。[*3] 8歳年上だから物知りなのは当然だけど、お兄さんのように優しくて、いつも私のわがままを聞いてくれた。辛い、寂しいと感じていたからかな、その人の優しさが特別なもののように思えてきた。

私はその人に、前の夫とのことを話した。その人は、丁寧に私の話を聞いてくれて、私の考えが間違っていることを指摘してくれた。私は相手のためだと思い、相手の欲するものを必死に考えて行動してきた。喜んでもらいたい、ありがとう、と言ってもらいたい、という気持ちからだった。でも、私に残ったものは何だろう？　人脈？　楽しかった思い出？　お金？　どれも何も残っていない。

残ったものといえば、後悔と私バカだなという気持ちだけだ。利用されて捨てられただけのバカな女に過ぎない。そんなことに気づかせてくれたその人に感謝でいっぱいになった。

この人は明るく楽しいだけではなく、人の気持ちをよく見抜く。しかも正しい。私も賢くなりたい。バカだからいつも失敗ばかりして、順風満帆《じゅんぷうまんぱん》な人生にならないんだ。だから私はいつも他人の人生に憧《あこが》れるばかりなんだ。彼からたくさんのことを学びたい、彼に導かれたいと、本気で思うようになった。彼は、私がシングルマザーということを知って付き合ってくれた。彼は友達の子供と関わることもたくさんあったみたいで、結愛と遊ぶのも面倒を見るのも上手だった。結愛もすぐなついた。

彼は保育園の送り迎えにもついてきてくれた。私と友人が美容院に行こうかなと話した時は、彼が私の友達の子供も預かっておくから、二人で行っておいで、と言ってくれたこともある。洗濯もしてくれてお料理もしてくれた。結愛の実父とは大違い。

私は今度こそ、お父さん、お母さん、娘という憧れの家族になれるはずと信じるようになった。

２０１５年11月、結愛が３歳８か月のころ、私と彼は職場恋愛の禁止というルールを違反したことでクビになった。[*4] オーナーは、年末年始に出勤したら罰金はいらないと彼に言ったみたいだが、彼はそれを断ったうえに私のことも辞めさせると言ったらしい。私はオーナーと話していないので彼から聞いた話に過ぎないが、私は意思を確認されぬまま辞めることになった。

罰金なんて勿体《もったい》ないし、あと2か月くらい余裕で働くのに、と内心思っていた。だけど彼は「みんなが自分たちの関係を知っている中で働くことは辛いことなんだよ」と言っていた。私は彼の決断によって守ってもらえたと思った。

強引すぎると思ったが、そういう部分も含めて頼もしいと感じていたのも事実だ。彼は、前よりもいっそう私と一緒になる覚悟が芽生えてきたと言ってくれた。もちろん私も同じ気持ちだった。このことがあったからこそ、より愛が深まった、と。

２０１５年12月、３人でクリスマスパーティをした。私が作ったロールパンとミネストローネ、チキン、ツリー型のサラダ、結愛には子供用シャンパン。いっぱい食べていっぱい笑って、とても楽しかった。

＊3　船戸雄大の出身は岡山県だが、北海道・札幌で育った。大学進学とともに東京へ。卒業後は通信関係の企業に7年間ほど勤めるも、地元・札幌に異動したのち会社を辞め、水商売のボーイに転じる。その縁で香川県の歓楽街のボーイとなり、その店で筆者と出会った。

＊4　雄大はその後、地元の食品会社に就職。システム管理などを担った。

妊娠

２０１６年１月、このころには結愛は、彼のことをもうパパと呼んでいたと思う。最初はお兄ちゃんと言っていたけど、彼がパパと言ってもらいたいと言ったら、素直にパパに変わった。これからの人生を想像するとワクワクした。結愛と彼が遊ぶ姿を見て、これでよかったんだ、離婚して正解だったと思った。

文句一つ言わずに家事も育児もしてくれて、私の知らない政治の話や外国の話、こんな愉快な仲間がいるんだよと友達の話もたくさん聞かせてくれた。アニメやテレビも彼と一緒に見ていると、世界が違って見えた。パソコンも教えてくれたし、この人なら私も結愛も守ってもらえると思った。

この時期一回だけ喧嘩《けんか》した。それは、結婚するにあたって、結愛をしつけた方がいいとか、キャバクラ時代のお客さんの連絡先を消すように、と言われたことが発端《ほったん》だった。反対する気持ちもないから、いいよと言ったのに、いつまで経っても話が終わらない。だんだん疲れてしまったけど、彼が一生懸命私に語り掛けてくるから聞かないわけにはいかない。

「わかったから消す」と言っているのだから、1分で終わってもいいはずなのに、何十分もかけて、なぜ連絡先を消した方がいいのか、なぜ結愛に歯磨きを頑張ってほしいのか、なぜ挨拶《あいさつ》をしないといけないのか、そういうことを延々と説明される意味がわからなかった。

「挨拶ができる子はいろんな人に可愛がられるんだ」

「結愛が虫歯になったらお前が歯医者に連れて行かなければいけないから、面倒なことが一つ増えるだろう」

説明を聞くのは長くて辛いけど、よくよく聞けばなるほどな、とも思った。言葉の最後には必ず、結愛が幸せになるためにとか、少しでもお前の育児の負担が減るために、とついている。私たちのためにこんなにたくさんのことを考えてくれているんだと、しまいには感激した。

この時だったか、「浮気したらどうする？」と冗談で聞いたら、彼が真顔になって「殺す」と言った。私はびっくりして彼は冗談を言っているんだと自分に言いきかせたが、あとでだんだん怖くなってきた。

2月になると妊娠が発覚した。これを結愛に最初に言った。結愛は、目をキラキラさせて「ママのお腹に赤ちゃんおるんや、やった！」と喜んだ。その後彼に報告すると、とても喜んでくれた。私の描いた理想の家族がだんだんと形になってきている。夢が叶って、もうこれ以上望むものは何もないというくらい、幸せいっぱいになった。

3月20日、結愛の4歳の誕生日は最高に幸せな日だった。彼の提案で部屋いっぱい風船やモールで飾りつけ、キティちゃんのケーキを作って家族3人とおなかの赤ちゃんとでお祝いした。

彼は結愛の教育にとっても熱心だった。「結愛はやればできる」「保育園は何も教えてくれない」「幼稚園じゃなくちゃだめだ」と言われ、そうか幼稚園は教育してくれるのか、とまたしても自分の無知を恥じた。私も妊娠し、しばらくは専業主婦でいたいと思っていたから、幼稚園に転園することにした。

4月、彼と再婚し、結愛も彼の養子にした。その先に幸せが待っているはずだった。

第2章

虐待

みんな私がバカだから

これは入籍前の2015年12月頃の話だが、彼は結愛が夜だけおむつをしていることを気にし出した。私は自然に取れるのを待てばいいと思っていたが、彼は「夜におしっこに行きたくなったら、パパを起こしてもいいから」と結愛に言った。

結愛はおしっこを漏らしてしまうことが何度かあったが、2週間もしないうちにおむつなしで寝られるようになった。彼はとても満足そうだった。

籍を入れたからか、彼の子供を妊娠したからなのか、彼は私に対し、結愛のしつけをきちんとするようにいっそうと迫るようになった。これまで適当に聞いていたことも今すぐ実行しろ、と怒られるようになった。

「生まれてくる赤ちゃんが結愛の真似をしないようにきちんとしつけをしろ」

「今までしつけもろくにしないで遊んでばかりいたんだ。苦しい思いをしなければ良い子にはなれない」

「俺は結愛に幸せになってほしい。俺と同じ辛い思いをさせたくないから俺のすべてを教える」

「いま頑張ってなんでも一人でできる子になればお前が楽になるだろ」

「外国では小さな子が一人で寝るのは当たり前」

「これからもずっと一緒に暮らすんだから、いま直せ」

これまでも何度か怒られ、その度に長々と私のどこが悪いのか説教されてきた。同じミスを繰り返したことを指摘されると、悔しくてたくさん泣いたが、話が終わると涙で濡《ぬ》れた私の頬《ほお》を手で拭《ぬぐ》い、頭をなでながら「もう泣かないの」と言ってくれた。しかし、それが毎日のように繰り返されるうちに、気づけば「泣いて許されると思うなよ」に変わっていった。

彼が仕事から帰ってくると毎晩、結愛の将来についての話し合いが始まった。彼は、両親二人の教育方針がバラバラだと結愛が混乱するからと言う。結局は彼の提案に同意しないと、しかも心から賛同しないと、話し合い、いや説教が終わらない。

「結愛も一人でお風呂に入れるように練習した方がいい」

私が「４歳児にはまだ早すぎる」と答えると、

「じゃあ、いつならいいんだ。全国の４歳の子でできる子はいるはずだ」

私は同意するしかなくなる。そんなことよりも一刻でも早く話し合いを終わらせたい。でもそんな気持ちがばれて適当なことを言うと怒られる。自分の意見をはっきり言っても説教が長引く。

私は彼の「なんで？」の問いが怖くて、どう答えていいかわからなくて、毎晩涙を流していた。彼は必ず質問する。私は、彼が満足するであろう答えを探す。

しかし当たらない。怒られる。次第に、「なんでわからないんだ」と、頭を上から押さえつけられたり、耳を引っ張られたり、鼻をつままれたり、顎をつかまれて強くゆすられたりするようになった。「わかりました」と言っても許してくれなくなった。

彼は、自分も仕事で疲れて帰ってきてこんなことはしたくない。お前らのためにこんなに時間を使ってるんだ。お前らのために、と言われると申し訳ない気持ちになった。私がしっかりしていないからこうなるんだ。みんな私がバカだから……。

顔つけ

長くて怖い説教さえ我慢すれば、時々は優しくしてくれた。結愛を抱っこしたり肩車したりしり、時には結愛をバイクに乗せて二人でドライブに行くこともあった。

私が説教さえ我慢すれば、結愛の笑顔を見続けることはできる。説教は怖いし、嫌だけど、彼の言っていることは正しいし、確かに勉強になる。私がきちんと言うことを聞けばいいんだ。前の彼に比べたら、お金の心配はいらないし、家事も育児も手伝ってくれる。結愛の将来のことまで細かく考えてくれる。二人目の子も生まれる。私がバカなだけだ、私が頑張らなくちゃと言い聞かせた。

結愛にも言うことを聞くようになってもらいたかった。彼は私に結愛のしつけをさせ、それがどうなったのかをきっちり報告させる。だが、結愛に厳しくすることは苦痛でしかなかった。なかでも、顔つけは最悪だった。

2016年7月だったか、彼と結愛と3人で楽しく海に出かけた。そこで結愛は水に顔をつけるのが怖いと言って顔をつけられなかった。彼は結愛に「顔つけられるようになりたい？」「顔つけられるようになったらプールに行こう」と言った。ここまでは楽しい話だ。しかし次の日から地獄が始まった。

　彼は私に顔つけを練習させるように言った。お風呂での顔つけ練習が始まる。結愛は怖いと言ってなかなかできない。彼は帰ってくると、できたかと聞く。「まだ」と私が答えると、彼は呆れる。「何しよん。まだできんの」と切れ気味に怒られる。

　私は結愛が小言を言われないように、私も怒られないように、早く結愛に顔つけができるようになって欲しくて焦《あせ》る。焦りと怒られる怖さで、結愛を叱る。「どうしてできんのよ」と怒鳴る。結愛も泣く。これを隣の住人が児相に通報した。

　大声で結愛を怒鳴りつけていたのを虐待だと指摘された。あのとき私は、結愛の頭を上から押して水につけようとした。「早く顔をつけないと、押すよ」と脅《おど》した。そして顔つけができない結愛の手の甲を叩いた。私は、必死だった。なぜ娘のプールの練習をしているのに隣の人が余計なことを言うの？　だってこれをしなければ、私が彼に怒られるのよ。

　最初に児相に通報されたのは私だ。気づかないうちに結愛に厳しくなっていたんだと自分の変わりぶりに驚いたけど、それよりも彼に怒られることが怖くて、隣の人に悪感情を持ってしまった。あの時いっそ私が逮捕されていたらよかったと思う。

私は結愛に随分と怒ることが増えてきていた。彼に怒られる、とびくびくしていたのは私。いつからか、私は、正座しながら説教を受け、それが終わると「怒ってくれてありがとう」と言うようになった。

翌朝には忘れないうちに、「これからはこうします」と彼に言われたことをＬＩＮＥで送るようになっていた。私にとって説教とは叱られて終わりではなく、その後、彼に納得のいく反省文を提出し、許しをもらうまでの流れをいう。

彼に「結愛に静かにドアを閉めさせるように」と説教されたことがある。結愛に注意しても、最初はできても次の日には忘れる。また私が注意する。その繰り返しだった。

私は彼に「結愛には難しいのかも。子供だからすぐに忘れちゃうんだよ」と言った。すると私への説教が始まる。彼は「言い訳するな、忘れるなら紙に書かせて、壁に貼ってやれ」と言った。

私は言われた通りにした。結愛への注意書きの貼り紙は、この頃には始まっていた。

モデル体型

２０１６年8月、臨月のころ、彼の岡山の実家に行った。私は途中、彼と一緒にコンビニのお弁当を食べた。そのとき私がお弁当をペロリと平らげたことを、彼は信じられないと非難した。「太った女は醜い、自分の母や妹はあんなに食べない」。さらに、妊娠前の体重を聞かれ、48キロくらいかな、と答えた。「ぽっちゃり型か」。えーっ自分は身長１６０センチだから痩せている方だよと反論した。彼は譲らない。ネットでいろいろ調べると、１７０センチで46キロというモデルの体重が出てきた。確かにモデルよりは太っている。「だろー」と彼は嬉しそうな顔で勝ち誇る。

それから私は、モデル体型を目指す羽目になった。彼の前では、食事を一人前食べることができなくなった。残さないと怒られる。だから、一緒の時は「もう食べれないい」と、半分くらい残して彼に渡す。彼は嬉しそうに「お願いだから食べてくださいだろ」と言う。しまいには「お願いしないと食べてあげないからな」と言い出す。

だんだん私の食事はめちゃくちゃになっていった。2、3日食べないで、食べる時は隠れて、食パンの一斤《きん》くらいを一気に食べた。とにかく彼と一緒だと食べられなくなった。食べすぎだと言われるのは屈辱的であり、怒られるのも怖かった。

彼は結愛の食事にも厳しかった。彼の前ではおやつはなし。その代わり、最初のうちは食事に制限はなかった。

息子が生まれて、結愛が預かり保育にかかるようになると、そこでおやつが出るようになった。彼から「うちの子にはおやつはやらないでくれと言え」と命じられた。それはできないと返すと「だったら夕食を減らせ」となってしまった。結愛の夕食は、お代わりなしで、少なくなった。それからだろう、結愛の食事の量が少なくなってきたのは。

彼は結愛のことを「顔は可愛いいんだから、あとは痩せたらお友達がいっぱい増える」と語り、いつしかモデルにするとまで言い始めた。痩せる必要なんてなかったのに。

あの人は、結愛が歌が上手なことを知っているのかな。結愛とカラオケに行ったことは内緒だった。知ったら、彼は結愛を歌手にすると言ったかな。

息子が生まれて

息子が生まれて、私は息子に手がかかるようになって、自然に結愛の面倒は彼が見るようになった。

このころから彼は私にではなく直接、結愛に小言を言うようになった。

結愛にも私と同じように理詰めだった。最初は優しく語りかけて、質問攻めにする。そして誘導して、自分で答えを導き出したように思わせる。そんなやり取りを見ていて当初は上手だな、と思っていた。

だけど何か変。いつもいつも結愛の顔は不満そうで、彼だけが満足している。それにとっても時間がかかる。小言というより、大言だ。

結愛への長い説教さえなければ、結愛も初めての弟を可愛がり平和だったが、綻《ほころ》びは見え始めていた。結愛とパパとの関係は日々、険悪になっていった。

私はハラハラしながら、パパが結愛を怒るよりは私が言った方がまだまし、と思っていた。だが、生まれたばかりの息子を抱え、思うようにいかない。彼は息子が生まれ、とても喜んでいる。息子を大事にし、誰の目にも息子が第一とわかるくらい。

大体、結愛にも息子にも赤ちゃん言葉を使うな、一人の大人として扱え、とあんなに言っていたのに、彼は息子には赤ちゃん言葉で話しかける時がある。自分だけいいのか、と思ったけど、そんなことは言えない。それを言ったらまた長い言い訳と説教が始まるから。

そんなころ、私たちは結婚式を挙げた。最初の結婚の時も式を挙げていないし、今回は親孝行と思って出産2か月後の11月にした。小さな教会でのウエディングだった。親族も呼んで、生まれたばかりの息子と結愛も一緒の結婚式だ。幸せは絶頂のはずだった。でもどこか不安。私たち大丈夫かな……。


これは後の話。結愛の写真が欲しくて、弁護士先生に頼んで、証拠に押収されていたスマホを返してもらった。私のスマホに入っていた写真は、幸せなころのものばかりのはず。結愛もドレスで着飾っていたのに、あの結婚式の写真だけは心なしか寂しそうだった。なぜ表情の変化に気づいてあげられなかったのか。

結愛、本当にごめんね。どこで引き返せばよかったのかな。

「泣く意味がわからない」

結婚式直後のころと思う。何が原因だったか今となってはわからない。結愛が床に横向きに寝転がっていた時、彼が思い切り、結愛のお腹を蹴《け》り上げた。まるでサッカーボールのように。

私は、結愛のそばのベッドに腰かけていて、すぐそばなのにあまりにもびっくりして、心をおおっているものにひびが入り、ガラガラと音を立てて崩れ落ちた。それらは腹の底の暗い闇に吸いこまれていった。腰を抜かしたような感じで立ち上がれず、どれぐらい時間が経ったろうか、ようやく泣きながら「やめて」と叫べた。

「結愛をかばう意味がわからない。お前が泣いている意味がわからない」

おそらく彼を本気で怒らすことが直前にあったのだろう。

結愛はきっと泣いていた。でも結愛の泣き声は聞こえない。彼の声だけしか聞こえない。

「結愛が悪いんだ。結愛を直さなくちゃいけない」

この時のことは、題名のついた写真のように頭の中に保存されている。

結愛と私は二人だけで自由にやってきた。新しいパパが来て、私たちの生活は１８０度変わった。

「これまでＯＫだったことがどうしてダメになったの。ママ、なんとかしてよ」。結愛の目はそう言っていた。

ママもうあなたを助けられない、パパの方が正しいんだよ。

彼は以前、自分の母親から「結愛ちゃんはあなたの子じゃないんだから優しくしてあげなさい」と注意を受けたようだ。私も彼に「息子と結愛を差別しないでね」と話したことがある。

それに対し彼は「そんなことを言うこと自体が俺に対する差別だ」と言ってきた。

それを受けて、この人は結愛と息子を差別することなく平等に扱ってくれる尊敬できる人だと思った。

今は辛くてもがんばろう、みんなあなたのためなんだから……。

結愛の眼はこう訴えかける。

「違うよ、ママの裏切り！」

アピール

彼の結愛への説教が始まると、私はひたすら早く終わりますようにと祈るだけ。だって間に入って結愛をかばえば、もっとひどくなるから。

彼が結愛を蹴った前後から、どんどん結愛へのしつけが厳しくなってきた。私にもあたりがきつくなって「お前が結愛をもっとしつけろ」と言われる。

私が結愛を叱らないと、叱っても一言二言で終わらすと、「それだけか？　もっと言うことあるだろ」と怒られる。

だから結愛をもっと怒らなければいけなくなる。

結愛に長々説教するのは苦痛である。彼は前、「怒るのも体力がいるんだ。俺は疲れているのにお前らのために怒ってやっているんだ」と言っていた。説教するってこんなにストレスかかるんだ。

こんな大変なことを彼にさせてきて、彼に苦労かけてしまって申し訳ないな――そんな気持ちになった。自分がしっかりしなければ、自分が結愛をしつけなければ。

私は彼のいる前で結愛を説教した。これはアピールだ。結愛をしつけろと言われるから、しているに過ぎない。

彼は結愛を叱ったあと、ママにも謝れと結愛に言う。結愛は言われた通り私に謝る。私は謝ってもらう意味がわからない。いいよ、と言うと彼が「いいよじゃないだろ」と私を怒る。

私はもうこの生活が嫌になっていた。11月の暴行でタガが外れたのか、結愛への説教が厳しくなってきて、もう耐えられないと思っていた。

1度目の一時保護

あの日は、我が家でお姉ちゃんの家族も来てくれて、クリスマスのホームパーティだった。久しぶりにケーキを手作りして、お腹いっぱい食べて、とっても楽しかった。お姉ちゃんたちが帰る時、玄関まで見送った。その時に結愛は見送らず、隠れてお菓子を食べていたらしい。

それを彼に見つかって、長いお説教の末に、外に出された。私はその時パーティの片づけを後回しにし、結愛や彼とは別室で授乳していた。

一人で外にいた結愛のことを近所の人が訝《いぶか》しがったのだろう。警察官が来て結愛は保護されていた。

そうとも知らず私は彼に、結愛を叱った理由を問い質していた。彼から「隠れてお菓子を食べてたから結愛を怒った」と聞かされても、「そこまで怒ることないでしょ」と思った。でも彼は「はらわたが煮えくり返った」と言った。殺気のようなイライラがあった。11月の暴行の時と同じように彼は怒りで体が震えていた。

外が騒がしいと思い、そこで初めて警察が来ていることに気づいた。

結愛の唇と目のふちと耳たぶあたりに傷があったのを、警察官と一緒に結愛を病院に連れて行った時に初めて知った。

結愛は児相に、自分がパパから暴行されただけではなく、「ママも叩かれている」と言ったらしい。病院の駐車場で、女性警官に聞かれた。

「お母さんも暴力を振るわれていますか」

「いいえ、私は振るわれていません」

「結愛ちゃんはこれから施設で保護されることになります」

「私も一緒に行ってはいけませんか。結愛が心配です」

「どこか体にアザがありますか[*1]。アザがないと無理ですよ」

「ないです」

「それに携帯も使えないところだよ」

今から思えば私のＤＶに対する認識が歪んだ瞬間となった。

翌日、市の女性相談課の課長から連絡があった。彼女は女性の保護や支援について電話口で語っていた。

だが、昨日のように「結愛と一緒に施設に行きたい」とは言わなかった。アザがなければDVとみなされないと思っていたからだ。

とにかく私のことは置いておいて、結愛を彼から引き離すことを優先した。保護してくれてるんだから、と。

結愛は1か月保護されて、17年2月最初に帰された[*2]。この時は彼も結愛への暴行を認めた。彼は児相にも私にも手を上げないことを約束した。

私も結愛が帰ってきてからは、なるべく父娘二人だけにさせないよう気を遣っていた。最初のうちはよかったが、彼は「だんだんだれてきた」と言い出して、「もっと勉強と運動をしっかりさせなきゃダメだ」と主張した。

私はやりすぎだと思った。だから思い切って、彼に「やりすぎだ」と伝えた。すると彼は気色《けしき》ばんで反論してきた。

「結愛がお前のようになってもいいのか。バカで男に利用されて捨てられて、男の前で股広げる女にしたいのか」

ひどい！　なんでそんなこと言うの。私だってそんなこと望んでいたわけないじゃない。

だってあの時……いや、何を言っても無駄だろう。彼は私のすべてを知っているから。私のような人生にしたくない、私と結愛を導いてほしいと願い、彼と一緒になったのは事実だった。

＊1　ＤＶ関係者の間では、精神的虐待への理解が広まりつつあるが、行政の現場では、身体的虐待が確認できないと「保護」の対象となりづらいのが現実である。

＊2　児相職員の定期的な家庭訪問などを条件に結愛ちゃんの一時保護を解除。このとき警察は雄大を書類送検するも、上京直前の17年12月に（2度目の書類送検の事案と併せて）不起訴となっている。

2度目の一時保護

1回目の保護から帰されて2か月もたたないうちに、結愛はまた児相に保護された。結愛は彼と一緒にアパートの前で、かけっこの練習をしていた。私も気になって、夕食の用意をしながらベランダから時々様子を見ていた。目を離したのは私だ。

たまたま地域を巡回していた警官が一人で走っている結愛を見て保護した。また唇と頭、耳のところにもけがをしていたらしい。お腹《なか》にもアザがあったようだ。それでも彼は自分の暴行のせいではないと言い張った。

怪我は転んだもの、唇は乾燥しているだけ、結愛は嘘つきで困っていると、警官に食ってかかっている。

「外で走る練習をしていただけなのに、なぜ5歳の子の言うことを信じて大人の言うことを聞かないのか。結愛は、前回ママがパパに叩かれていると嘘をついた。それは母親自身も否定しているんだ。そんな嘘を言う子のことを信じるのか。自分は可哀想な子だと思われたいだけだ」

また叩いたの？　彼は言い訳を並べていたが私は、彼がやったと思っていた。結愛は嘘なんかつかないから。

結愛が保護されて、本当は嬉しかった。ここから引き離してくれてありがとう。もう私ではどうしようもなかったから。でもそれを彼にも誰にも言えない。

彼は、弁護士の卵という友人に聞いて、今度こそ逮捕されるかもしれないと思ったようだ。私に口裏を合わせるように、毎晩、児相と警察と検察にどう説明するかの特訓をした。児相に何を聞かれたのか、何を言ったのか、全部報告させられた。忘れると怒られるからすぐにメモを取った。

警察に呼ばれた時に間違えないように、彼から渡された紙を丸覚えした。彼は私に、覚えているか、間違いないかのテストをして、彼が逮捕されないための片棒を担がされた。だから、やっぱり私は彼の共犯だ。

児相の保護はありがたかったけど、彼からの説教は日に日にエスカレートしていく。私の大切な友人の悪口も言われ、本当は違うのにな、と思っていても抵抗する気力もなく、ただ謝ることしかできなくなっていた。

ハグへの違和感

結愛は2回目の保護から4か月で帰ってきた。今度こそ頑張る。彼の言うことをきちんと守って、結愛がどうやったらストレスなく毎日楽しく生活ができるかを考えた。携帯で、例えば5歳の子が雨の日に家で遊ぶのには何がいいのかを調べた。彼に体重のことを注意されないようにヘルシーなおやつを作ろう、と考え図書館で料理の本を借りた[*3]。

最初は彼も結愛に優しく接してくれた。やっと落ち着いて生活できる、やっと前みたいに家族が仲良く暮らせると安心した。

このとき私の身に不思議なことが起きていた。1回目の保護の際には感じなかったが、2回目の保護の際、面会に行って、結愛を抱きしめたり、膝の上に座らせたりすると、なんだか違和感を覚えた。彼と再婚するまでは普通にできたハグが、2回目の保護期間中に、うまくできなくなってしまったのだ。

自分が緊張しているのを感じた。そんな緊張を結愛も敏感に感じるのか、はたから見てもぎこちなかったと思う。そんな様子を、医療センター[4]の小児科の先生が気づいたのだろう。私は毎日1回はハグするように約束させられた。

冷たいお母さんだな、という児相の職員からの視線には気づいていたけど、この先生もやっぱり私をそう見るんだ、とショックだった。実際、ハグができなくなっていたから、私はそれが苦しくて、「ハグできないんです」と言った。すると、その理由は聞かずに「じゃタッチでいいわ」と変更になった。

おそらくは結愛と密着していると彼から怒られるという心理が、たとえ彼と一緒にいなくても働いたからだろうと今になって思う。だが、当時は理由がわからず、恐怖さえ抱いた。

家でハグを試みても、どうしてもできなかった。ハグしようとするとムズムズして気持ちが悪くなる。結愛が嫌いになったわけではないのに。だから先生からの課題はずっと×ばかりで、果たせなかった。

＊3　筆者は病院にも相談したが、医師は栄養士の指示を仰ぐように言ったという。なぜ筆者がヘルシーメニューを考えているかの背景まで探ろうとはしなかった。

＊4　2度目の一時保護解除の後、結愛ちゃんは定期的に医療機関を受診することになった。

鬼が棲む山

2回目の保護直前の話になるが、彼は新たな恐怖を結愛に与えていた。彼は、言うことを聞かない結愛を、山に棲《す》んでいる鬼のところに連れて行くと言った。山の途中の小屋に結愛を放置して、彼は車できた道を少し戻ったところで車を止め、結愛の様子を見ていたらしい。

すると結愛がすごい勢いで走って車を追いかけてきて「待ってー待ってー」と叫んだという。そうやって彼は結愛が怖がっている様子、必死に追いかける様子を私に楽しそうに、笑いながら聞かせてきた。

「お前もついてこい」

そして2回目の保護が解除されてから、また結愛を山に連れて行くことになった。

結愛は鬼がいるという小屋にまた放置された。私と彼は車の中で結愛の様子をうかがう。彼は結愛が車を追いかけてくるのが楽しいのか、ニヤニヤ笑っていた。私は右手を固く握りしめ、息遣いが荒くなっているのに気づきハッとした。だが、私は彼にこんなことやめてとは言えなかった。ただ、黙って彼が満足いくのを待つだけだった。結局、彼は結愛に「パパが結愛の代わりに鬼さんに怒られてきた。ありがとうは？」と言ったり、日によっては「パパが鬼さんに謝って帰ってもらった」と伝えたりしていた。

これもしつけだったのだろうか。

彼は、結愛を見張りながら、説教できるネタを探しているように見えた。その姿は卑怯《ひきょう》だった。それは何日も食事をせずに飢えている獣が、運良く目の前に現れた獲物を捕らえようと目を光らせているかのようだった。

結愛は、医療センターの先生と約束した通り、弟の面倒を本当によく見てくれていた。私がお風呂に入っている時は、弟のミルクもあげてくれたし、泣けばあやしてくれていた。そんなことも知らないで、彼は「結愛は弟をほったらかして自分が好きなことばかりしている」と責め始めた。「違う、やってるよ」と言っても、彼は引かない。彼には心底腹が立ったが、結局、それ以上私は反論できなかった。

ただ結愛を守るために、彼の発言に私が怒っていることがばれないよう、感情を隠すのに必死だった。

彼は仕事で結愛のすべてを見ていないのだから知っているはずがない。そもそも結愛の性格を勝手に決めつけて、本当の結愛を見ようとしていなかった、と今になって思う。


このころ結愛と息子と3人で、家からすぐのお寺によく行っていた。そこに鳩がいて、結愛は鳩に餌をあげるのが好きだった。

毎回、家からお米を少し持って行って、鳩に餌をあげる。鳩が近寄ってくるとキャーキャー楽しそうに騒いでいた。

自分の足元にお米をまくから鳩が近寄り過ぎて怖くなるんだよ、と教えたのに、「あっち行って。怖いから」と言いながら、また自分の足元にお米をまいてしまうのでたちまち鳩に取り囲まれる。そのあどけなさに、私の中の愛おしいという感情が生き返った。

私はここにくるたびにいつもお祈りしていた。

「結愛とパパが仲良くできますように」

「家族４人がもっと楽しく暮らせますように、お願いします」

何度も神様にお願いした。

香川にいた時は、神様が結愛を守ってくれていたんだと思う。でも私がお願いばかりして神様は怒ってしまったのかな。感謝の気持ちも伝えたけど、私の気持ちが足りなかったのかな。

結愛はひしゃくを使って上手に手を洗う。きちんと柄《え》の部分も最後に洗ってから元に戻す。手を洗うのが大好きで、何度も洗っていたね。

叫び

２度目の一時保護解除から１か月もたたない８月の末、彼はまたしても結愛をキックしたようだ。アザがついている。病院の先生が気づいてくれた。後は保護されるか、結愛を施設に入れるか、私が結愛を叩いたと言って逮捕されるか、なんでもいいから助けて……。しかし事態は何も変わらなかった。

ある日のことだ。彼がいた日だから休日だったと思う。私は、また彼が結愛を怒っているのを見て、耐えられなくなって結愛を引っ張り、息子も連れて車に乗せた。

彼には結愛を叱ってくると言った。彼は、私が鬼のいる小屋に連れて行ったと思っただろう。私の持ち物は携帯と携帯のカバーのところに入れてある千円札だけ。この千円で、結愛の飲み物とおにぎりとお菓子を買う。何かを疑われて、車や携帯にＧＰＳをつけられては元も子もないと思い、コンビニに寄る時は急いで買い物を済ませた。彼はバイクを持っているので、彼の知っている場所、例えば実家などには行きづらい。彼の行ったことのない山の中にしようと思った。

彼のバイクは音でわかる。車の窓を開けておいて、もし見回りにきたらすぐに逃げようと考えた。家から逃げると言っても、結愛は説教を受けて外出していることになっている。車の中でおにぎりを食べてボーッと時間を過ごすわけにはいかない。

家に帰ったら、彼から「ママにどんなことを言われたか」「どうして怒られたのかわかっているのか」「これからどう頑張るんだ」と聞かれるに決まっている。その時に結愛が答えられないと夜中まで説教されかねない。だから結愛と練習する。

家に帰ったら、パパにまずは「ごめんなさい」を言うこと。パパは、必ず「何がごめんなさいなの？」と聞くだろう。そうしたら「結愛が○○できなくて言うこと聞けなくてごめんなさい」と言うこと。何度も練習する。

昼前に家を出て夕方4時には帰るようにする。家でずっと怒られているよりかは、こっちの方がまだましだ。家に帰る時間が近づいてくると、私は不安と焦りから結愛に怒ってしまう。「パパにこう聞かれたらこう答えなさい」と声を荒らげてしまう。

帰り道、運転しながら必死に叫ぶ。後部座席に座っている結愛を振り返りながら、大声で「わかった？」と叫ぶ。結愛の顔が引きつっている。私は完全に正気を失っていた。部活の時だってあんな大声を出したことがないくらいの大声。自分の声の震動で、おでこから後頭部、お腹《なか》のあたりまでカッとなって揺れているのを感じる。結愛からすれば、私が狂ったかと思うくらい異様だっただろう。

あのとき事故に遭《あ》って自分だけ死んでいたらよかったのに、と今でも思う。当時は家庭生活に展望が抱けず、10月頃には自殺も考えるほど精神状態が悪化していた。

彼は、私が結愛に長い説教をすればするほど満足するようだった。説教が短いと、結局彼が結愛を説教する。私は説教なんか嫌だったけど、彼がするくらいなら私がした方がいいと思った。時折、我を忘れて結愛を大声で怒鳴ってしまうことがある。そんなとき必ず、近くに彼がいる。私はどこかで彼がいることを意識している。私だって頑張っているよって。だから私に任せて、って。だけど彼は必ず「待ってました」と言わんばかりに割り込んでくる。

「何があったんだ」「どうしてお前（結愛）は言うことが聞けないんだ」と結局、結愛は彼から説教を受けるはめになってしまう。私はこうなることが嫌だったはずなのに、わかっていながら、うまく立ち回れない。自分のせいで結愛が苦しんでいるというイラ立ちから、自分のももが真っ赤にはれ上がるまで叩き続けた。

医療センターに通っていたころ、私は最悪の状態だった。誰かに助けてほしかった。医療センターの医者に精神科医を紹介してもらった。私は自分がおかしくなっていると感じていたが、大したことないと言われた。[*5] 児相に「辛くなったら自分のももを叩いています」と電話で話しても「そうですか」で終わり。病院の先生に「その太もものアザ、どうしたの？」と聞かれ、咄嗟《とっさ》に「マッサージでこうなりました」と、慌ててヒザ上10センチほどの丈のズボンをひっぱって隠してしまった。

この時、「もう辛くて自分で太ももを叩いてしまうんです」と医師に告白できていたら、結愛の命を救えたのだろうか。どうして助けてほしいという思いとは逆に、必死に隠そうとしてしまうんだろう。思っていることと、やることが矛盾する日が増えていった。いつしか私は、彼の言うとおり努力が足りないんだ、もっともっと頑張らなくては、という思いが募っていった。

＊5　医療センターで筆者は自ら求めて精神科を受診した。小児科の医師からの紹介なので事情は申し渡されているはずだった。しかし過食しては下剤を用いていた筆者に下剤の量を尋ね、「それほど多い量ではない。もっと多く飲んで苦しんでいる人はいる」としか言ってくれなかった。このため筆者はやはり自分の努力が足りないのだとますます自分を責めるようになったという。

上京の準備

彼とは、一緒になるころから上京の話が出ていた。新しい土地でやり直そう。仕事ももっと彼に見合ったいい仕事がある。彼の友人知人がたくさんいる。彼は思い切り仕事ができるし、新しい土地で優しいお父さんとして、地域の行事にも出るという。私も、東京で生まれ変わろう。世田谷の三軒茶屋というところは彼のお気に入りの土地で、いいところらしい。夢のような話を彼が進めていた。そんな話を進めていくうち、彼は結愛にあまり関心を示さなくなって、結愛の体重についても何も触れなくなった。なんとかなりそうだ。

12月17日には彼が一足先に上京し、部屋も見つけてくれて、全部整えてから私たちを呼んでくれることになった。その間私たちは実家に帰ることになった。年末からお正月、久しぶりにのんびりゆっくり過ごすことができた。

晴れの日は公園、雨の日はショッピングモール。外でお昼ご飯を食べる時には結愛のリクエストに応えてハンバーガー。「やっぱりハンバーガーはあの店だね。シェイクはこの店で、ポテトはあっちの店だね」「ちがうよ。ポテトはこの店だよ」と二人で会話した。

上京2日前には二人きりで久しぶりに遊園地に行ってたくさん笑ったね。

仕事をしているじいじ、ばあばのために毎晩、夕食を二人で作って、帰りを待った。

カレーを作った時はじいじに「おいしい、上手だね」とすごく褒めてもらったね。

家族には児相に保護されたことは言っていない。再婚だし、息子もできて、結婚式までした。今さら戻れない。彼には親を頼るな、と言われていた。

家族には心配かけたくないし、東京に行きさえすればみんなうまくいくはずだから、もう大丈夫。

第3章

上京

「締め直す」

2018年1月23日、いま思えば不思議なくらい、何も心配していなかった。

彼が先に上京してからこの1か月以上、彼はとても優しかった。出会ったころの彼に戻った。

治ったんだ、と本気で思った。だが上京後、優しかったのは着いたその日と翌日くらいまでだった。

最初、私にとにかく外に出ていろんな道を覚えてこいと言った。私は疲れていたし、家の中の片づけもやりたかった。だから渋ったら、みるみる彼は変わってしまって、「せっかく東京にきたんだから家でゴロゴロするな。そもそもお前らは太って、わや(「だらしない」を意味する方言)になってしまって、せっかくここまでやってきたのに俺の努力が水の泡だ。締め直す」と怒り始めてしまった。

わかった、行くよ、と言っても、「結愛はダメだ、結愛に外出はご褒美《ほうび》になってしまう、置いていく」と彼は言う。

いいよ、結愛もあなたと一緒はストレスが大きいから置いていこう……。
それにしても、どうしてご褒美になるからダメだったんだろう。何に対する罰なの。
太ったから？　それって結愛のせいじゃないのに。

彼はネットで就職活動をしていた。息子がいると邪魔なので、外に連れ出せと言われて、毎日午前中は公園に行っていた。気が気じゃないけど、早く帰ると怒られる。一度昼前に帰ったら、「なぜこんな時間に帰ってくるんだ。タイミングが悪い」と怒られた。

いつも時計を見ながらやりすごし、寒いから公園のトイレの中でお乳をあげたこともあった。

結愛は外に出してもらえなかった。その間はお勉強。彼の機嫌がよい時は結愛の大好きなDVDを見させてもらえる。だけど彼がずっとそばにいる。就職が決まらない彼と一緒に勉強させられている。間違えると怒られて、食事も抜かれた。

部屋中に結愛のやらなくちゃいけないこと、覚えなくちゃいけないことの貼り紙[*1]が掲げられていた。香川時代、私もこうやって、彼に言われたこと忘れないように台所に貼っていた。そうすると彼が喜ぶから。だから、私も、結愛が彼に怒られないよう、説教が短くなるよう、一緒に反省文[*2]を書いたり、直したりした。

本当に私、バカみたい。

彼はよくチャートを書いて説教をした。二つにわかれるコースを作って本人に選ばせて、言うことを聞かせるやり方だ。痩せるのは○、太るのは×、すごろくの上がりは、モデルになってイケメンの旦那さんに出会える。

悪い子は、鬼さんちに連れていかれて鬼さんに食べられてしまう。あの山の鬼は、東京にきてからもずっと彼の脅し文句だったようだ。

＊1　「かけざん　まちがえずにいえるようにれんしゅう」「あさはちいさいこえでれんしゅう」といった約束事が部屋中に貼られていたという。こうした約束事を破ると、結愛ちゃんの食事を抜くといったペナルティがもうけられた。

＊2　事件が大きく報道されるきっかけになった、結愛ちゃんが書いた「もうおねがい　ゆるして」の文章も、母娘で作成した。杉山春氏の226頁からの解説に詳述。

離婚を切り出す

彼は、結愛の体重を毎日測っていた。香川の時も彼は気にしていたが、彼が仕事に行っていたから、適当に伝えてもバレなかった。東京では、彼が毎日家にいる。ごまかせなくなった。食事に関しても、彼は結愛の食事は自分が用意するから私はしなくてもいいと言い出した。

2月に入って早々、彼は結愛を叩いた。しかも目のところ。翌朝、結愛の目のまわりは真っ青のアザになった。彼はそれを見て「ボクサーみたいだ」とにやけながら言った。

私の心は、またしても崩れ落ちた。もう耐えられない。もう限界だ。

「お願いだから離婚してください。結愛は私が連れていきます。息子は置いていくから離婚してください」

ずっとずっと離婚したいと思っていた。でも、息子が生まれて、結婚式もして、たまに彼も優しくしてくれたからなんとかなる、もう少し頑張ろうと思って、ここまできてしまった。

これまでも家を出ようと思ったことはある。だけど勝手に家を出たら、絶対に追いかけてくる。実家にだって来るし、日本全国追いかけてくる。全国に友人がいると言っていたし、子供を連れて逃げ切れない。だからここまでこらえてきたが、この時は必死に「お願いだから離婚してください」と頼んだ。

しかし彼は、「東京に来たばかりなのになんだ、ヤクザみたいだ」と言い、息子に向かって、「可哀想に、母親に捨てられるんだ」と続けた。このとき見えているものがスローモーションになり、無音の世界に引きずり込まれた。心にズキンと圧力がかかり、鎖で何重にも巻かれたような状態に陥った。

彼の大切な息子を置いていくと言ったことが、彼にとっては結愛と息子に差をつけたように感じたのだろうか。私が傷つくことを知っていながら、彼はわざとこの言葉を放ったように思えた。

違う、息子を捨てるわけじゃない。あなたが息子を手放さないだろうから、置いていくと言っただけ……結局、離婚話はそれで立ち消えになった。

私にはどうして離婚が成立しないかがわからなかった。彼は私と結愛のことをお荷物だと思っているはずなのに、どうして離婚を切り出すと機嫌を悪くするのだろう。

上京後、結愛は彼の監視のもとにあったが、それでも2月1日か2日には、結愛を私のそばに置いて、昼も彼の近くに行かせなかった。

だけどたしか2月4日、私と結愛が話していたら、いきなりふすまを開けて、「もう見てられん」と結愛の肩をがっちり摑《つか》んで「お前はいい」と私と息子を追いはらった。「お前は息子を見ろ、俺が結愛を見るから」と取り上げられてしまった。

その日以来、私は結愛のそば[*3]に寄せつけてもらえなくなった。

＊3　結愛ちゃんは、雄大の決めた6畳間の部屋で、一人寝起きをさせられた。生活スペースは、父母弟とは別にされた。

助けるチャンス

結愛を助けるチャンスはそれでも残されていたと思う。

2月9日に品川児相の人が家に突然来た。その時に結愛の顔を見せれば、もうアザがあったのだから、保護されたはずだ。だけど私は品川児相を追い返した。だって怖かったから。彼が逮捕されて彼に恨まれるのが怖かった。いつかは必ず出てくる。その時に追いかけてくるに違いない。私だけならいいけど結愛も恨まれる。彼に感謝されなくてはならない。

だから今は会わせられない。彼がご機嫌でいてくれれば結愛は安全だ。彼のストレスをなくして、彼を安心させなくてはならない。児相は何もしてくれない[*4]。ほんのいっとき保護するだけだ。「児相は人生の責任を取ってくれるわけじゃない」と、彼が前に言っていたことが刷り込まれていた。結愛に暴力を振るうことだけは嫌だけど、彼は間違っていない……。

児相を追い返したら、彼は感謝してくれた。さらに私が「結愛が悪いんやって」と

LINEして、児相の訪問を結愛のせいにした。そうすることによって彼は気をよくし、結愛にも優しくなる。

彼に調子を合わせた方がいい。その時はそう思ってしまった。

朝、彼が起きるのは9時半だった。結愛は4時に起床と彼に決められていたけど、そんなに早く起こさなくても大丈夫。起きたことにして、7時半に起こせば大丈夫。その間ゆっくり寝かせてあげよう。そして彼が起きてくる前に朝ご飯を食べさせよう。でも太らせてはいけない。彼に怒られないように、体重が増えないように。彼が寝ている間に、そっと結愛を起こして、カギのかかるトイレで菓子パンやチョコレート、チーズといったものを食べさせた。

バレンタインデーには、バカみたいに手作りでガトーショコラを作った。だって結愛はチョコレートが大好きだから。彼が留守になる18日を待って食べさせた。おいしいと喜んでくれた。

20日は小学校の説明会だった。一緒に行くことになっていた。もう少しの辛抱《しんぼう》だ。20日までにはこの顔のアザは消えてほしい。そしたら外に出してもらえる。

2月20日、ダメだ、アザが消えてない。私一人で小学校に行って説明を聞いた。

あともう少しだ。小学校に行くようになったら彼は手を出せなくなる。給食もお腹いっぱい食べられる。

帰って結愛にたくさん楽しいことを聞かせてあげよう。小学校に行ったら友達がたくさんできるよ、もう九九もできると言ったらみんな驚くよ。人気者になるよ。

目のまわりにアザができた2月初旬、私は結愛の顔を正面から見つめた。その瞬間、心が口から出そうになり時が止まるのを感じた。その日以来、結愛の顔をまともに見ることができずにいたが、20日が近づいてきたころ、目のまわりの消えかかったアザが青から黒に変わっていた。

しかし、おかしいとか、叩かれたんじゃないかといったことや、何があったのか、といったことに思いは到らなかった。くまみたく黒に変色したのかな、ぐらいに捉えていた。もう一度、目のところを叩かれていたなんて考えもしなかった。

昨日からの記憶（昨日の結愛の状態）と今日がうまく繋がっている日は元気がなくなっていると感じる。だけど昨日と今日が繋がっておらず、今日初めて結愛を見たように感じる日は、結愛の元気がなくなっていることに気づかない。

どうして目を叩いたのだろうか。以前、彼が「口ではごめんなさいと言っているのに目が挑発的だ。目が納得していない。結愛とおまえは同じ目をしている」と言っていたことを思い出す。

結愛が彼のことをにらんだと思っただろうか。結愛の目が嫌いなのだろうか。結愛と目が合うと、怒りが抑えきれなくなっちゃうのだろうか。こんなに目のところを叩くなんておかしいよ。

小学校の説明会の後だったと思う。

あの人が「いまバカ嫁とバカ娘と暮らしている」といった話を、面白おかしく友人に聞かせたのだという。そして「そいつもドン引きしていたぞ」と私に語った。

友達もあの人に味方するのか。深い孤独感に押しつぶされそうになった。

＊4　筆者がこう考えた背景については、226頁からの杉山春氏の解説に詳しい。

栄養失調

2月20日過ぎからだ。もう小学校の説明会に連れて行けなかったから、彼のタガが外れてしまったのだろうか。一体何があったのか。彼に聞きたい。だけど言ってくれないよね。

朝だけそっと一緒にいた。その時は歩いていた、よね。足の裏が痛かったの？

27日に結愛が食べたものを戻した、と言われるまでにバナナとか食べたよね。水餃子食べさせたのはいつだっけ。24日だったかな。

27日からは食べられなくなった。その時に、心配だと言ったら、彼は「いいじゃないか、ダイエットになる」と言った。本当にひどい言い方だ。もうこのころ、心が荒廃し、彼に歯向かうこともできなくなってしまった。彼の顔、目が笑っていたことだけは覚えている。

私は、それからも心配で、大丈夫かな、大丈夫かなって、彼にすがるような気持ちで、病院に連れて行かなくていいの、と聞いたけど、彼は「アザが消えたら」と言うだけ。そう、彼はアザがある間は外に出さないし、病院にも連れて行かない。

その後だったかな。彼が、「結愛がママに横にきてほしいって言っているから行ってやれ」と言った。やっと結愛のそばに行ける。

私は嬉しくて、すぐ結愛のそばに行ったよ。そして手をさすったよね。その時に腕に赤い斑点《はんてん》があった。これなんだろうって、すぐにスマホで調べた。

そしたら、高齢者によく出る、栄養失調の斑点に似ていた。もう食事を戻すようになっていたんだから、早く病院に連れて行かなければならない。でも、そうか栄養失調か、と原因がわかったらそれで終わってしまった。本当に私どうかしている。

その後、すぐに「いつまでくっついているんだ」と彼から怒られて離されてしまった。やっと一緒にいられるんだと思ったら、「二人一緒にいても仕方ないだろう」と外に出されてしまう。

3月1日、この日だけははっきり結愛の体を見た。戻したものが髪についていた。それでお風呂に入れてあげようと思った。お風呂は4歳のころから一人で入らされていたから、一緒に入るのは本当に久しぶり。香川時代は彼がいない時は内緒で一緒に入っていたけど、東京に来てからはずっと彼がいたから、それができなくなった。

座っている結愛の髪を洗ってあげていた時、あまりに痩せているから、ショックというか、怖くて、見てはいけないものを見たかのように、急いでタオルでくるんでしまった。痩せていて、そう、確かに背中に大きな傷があった。

普通のお母さんだったら子供の体をじっと見るだろう。怪我をしていたら、どうしたの、と聞くに違いない。でも体が硬直して聞けなかった。何の言い訳にもならない。何が怖かったのって、彼？　それともこれからどうなるかっていうこと？

3月2日はもう立てなくて、ずっと横になっていたね。私は心配で、ずっと添い寝していたよね。彼も私が結愛のそばにいても文句を言わなくなった。私は結愛にたくさん楽しい話をしたよ。

もうすぐ小学校だよ、今度一緒にどこに行こうかとか、ディズニーランドがいいかなといった話。大好きなおじいちゃんとおばあちゃんの話。まぶたが下がってきて、眠いの、って聞くと、ううん、って言うから、ウソだったけどおじいちゃんがきてるよ、って言ったら、少し笑ったよね。

彼には息子を連れて外に出てもらった。結愛の看病に集中したかった。それに彼がいると結愛にストレスになると思った。私も不安だった。

彼から電話があって、「結愛、大丈夫かな、心配、どうしよう」「どうしてる？」「さっきウンチした」「よかった、ウンチしたなら大丈夫。お前がおどおどしてどうする、な」。大丈夫だよね……。

当時を思い返すと、ある光景が頭に浮かぶ。

車が、勢いよく海に向かってつっこむ。車内には運転席に座る私しかいない。私はアクセルなんて踏んでいないのに、どうして海に？　何が起こったかわからずパニックになる。心臓が激しく暴れる。意味もなく手足をばたつかせる。そうすればさっきまで自分がいた現実に戻れるかのように、体が動く。脱出方法もわからず、その時間さえないくらいにどんどん沈んでいく。

紺色に緑を少し交ぜたような色の海だった。きっと海の底は私の頭の中と同じ真っ黒なんだろうな……。どうすることもできず、右みて、左みて「え？　え？　え？」という気持ち。どんどんどんどん沈んでいく。

両手が震えていることに気づく。また意味もなく右みて左をみた瞬間、結愛が海の中でさまよっているのが見えた。車の中も水でいっぱいのため、目を必死に見開いてもはっきりとは見えない。しかし、間違いなく結愛だ。結愛のすぐ近くには渦が巻いていた。早くしないと結愛が渦の中に呑み込まれてしまう。

私は結愛を助けるためにまず自分が車から脱出しなければならない。当たり前の考えだが、それができなくなっていた。いやできなくなっていたことにすら気づけない。

どうしよう、どうしよう、結愛のところに行って手を引いてあげなければならない。でも私も苦しくなって、どうすることもできない。結愛は手足を動かす力も目を開ける力も残りの酸素も、すでに空っぽの状態だ。私は脱出したいという気持ちがなくなっていく。

どうか渦だけでもおさまって。どうか結愛が助かりますように。お願いします。お願いします……ひたすら祈る。どうか、どうか、この祈りが届きますように……。

彼が外から帰ってきたが、私はずっとそばにいた。そしたら、結愛がお腹が痛い、と小さい声で言って、パタッと心臓が止まった。[*5]

＊5　暴行と栄養不足による免疫力低下から引き起こされた、肺炎による敗血症で死亡したとされる。上京前に16キロほどあった結愛ちゃんの体重は死亡時12・2キロまで落ちていた。

葬式

結愛のお葬式には家族みんながきてくれた。お葬式が終わっても、まだ任意の調べがあったので、母も東京に残ってくれることになった。

私は母のことが好きだけど、苦手だった。自分がもう一人いるみたいだ。普段はそんなことを思わない。二人で買い物もするし、実家にいる時も母の仕事場の話や家族の話や私の話を聞いてもらうこともある。しかし、この時は本当に気まずかった。

私も母も結愛の話を避《さ》けた。二人とも何事もなかったかのようにふるまっていた。5日間、母と同じ部屋で過ごしたが、お互い涙を流すこともなく、何事もなかったかのように振る舞っていた。でも、一度だけ結愛のことを口に出した。

「結愛のことは残念だけど、それはそれで変なこと考えたらいかんよ」

母から初めて何かをしてはいけないと言われた気がする。小さいころからずっと、「〇〇してはダメ」という言い方をされたことはなかった。「〇〇しない方がいいんじゃないの？」と軽く言う感じだったと思う。

私は「たぶん、私、逮捕されるよ」と返答にならない返答をした。母は困った顔になって無言になった。私たちは無言の会話ができる。

結愛の死因を知った両親は私のことをどう思ったのだろうか。大切にしていた孫が死んだ原因に娘が関わっていると知った時、私に対して怒りの感情を持ったのだろうか。私には怒りをぶつけてこなかった。でも心の中ではどう思っていたのか。何も考えないようにしていたんだろうか。

ううん、きっと両親は自分たちが悪いんだと思っていたと思う。私に対しての怒りよりも自分自身を責めていたに違いない。そんな両親だったのに、どうして一言助けて、と言えなかったんだろう。

母は弱音を吐かない。私と姉が部活していた時は、朝5時に起きてお弁当を二つ作って25分かけて、仕事場と正反対の私たちの学校へと車で送ってくれた。そこから45分かけて仕事場に向かう。夜には私たちを迎えにきてくれ、家に着くのは20時。そこから家事をするという毎日だ。それなのに、私は、母が疲れたとか眠たいといった言葉を聞いたことがない。

母はあまり感情を表に出すタイプではない。特に涙を流すところはほとんど見たことがない。私と同じで真顔が怒っているように見えるとか、口調がほかの人と比べてきついと言われると、語っていたことがある。その母の「変なこと考えたらいかんよ」という一言に無限の愛を感じた。

母は、私に精いっぱいの愛情を注いでくれた。私の大好物を冷蔵庫にいつも入れてくれているし、口調は素っ気ないが辛い時には気遣ってくれる。困った時には必ず力になってくれる。手作りの巾着袋《きんちゃくぶくろ》をたくさん作ってくれて、服の修繕もしてくれた。本当に優しい母なのに、私がバカだから、彼に言われるまま、愛情が足りない母だと感じてしまった。

彼からの説教で、家族への思いが歪んでしまった。だから結愛を死なせることになってしまったんだ。どうしてこんなに信頼できる家族に相談できなかったんだろう。いつから私は誰にも助けを求められない蟻地獄のような穴に、はまってしまったんだろう。一度はまったら自分一人の力ではどうにもできない穴だった。

私が家族に助けを求めていれば、今も私は結愛の笑顔を見ながら、結愛の温もりを感じることができていただろうか。

帰郷

3月中旬、私は母と香川に戻ることになった。新幹線なんて大嫌いだ。わずか2か月前、結愛にとって初めての新幹線に乗った。結愛は栗の形の入れ物のお弁当を食べて、大喜びだった。結愛の笑顔ばかり思いだす。次に実家に帰る時は、たくさんのお土産《みやげ》とたくさんの笑顔を持って帰るつもりだったのに。私が実家に持って帰ってきたのは不幸の塊だった。

実家のリビングには、簡易の仏壇があった。そこには自分の娘の骨と自分の娘の写真があった。

信じられない。結愛じゃない。そんなはずない。なぜ自分の娘の写真がここに？帰省するたびに、大好きな実家のにおいを感じ、変わりない家具の配置にホッと落ち着いたものだった。でもおかしいな。ここが実家だと理解できても、目の前にあるお骨と遺影は理解できない。

家に帰ったその日から、父と母の3人で毎日結愛に向かってお経を唱えた。どこかで信じていない。これはドッキリかなんかだ。私は試されてるんだ。娘が死んだらこんなに辛いんだよとわからせるために。

私は毎日結愛の遺影をなでた。ごめんね、ごめんね、ごめんなさい。毎日涙が出た。毎日炊き立てのご飯をお仏壇に供える。毎日お花の水を注ぎ足す。結愛の大好きなお菓子やドーナツを供える。ごめんなさい、ごめんなさい、と毎日毎日。

ある日、いつものように3人でお経を唱えていたら、何がおかしくなったのか、父が笑い出した。私もつられて笑った。まじめな母だけが笑いをこらえている。それを見て父と私はますますおかしくなって、声を上げて大笑いしてしまって、お経はとぎれとぎれで、きちんと唱えられなかった。なんだったのだろうか。

その日から、少しずつ笑いが戻ってきた。父は「結愛が笑わせてくれるのかな」と言った。私も結愛が、こちょこちょと、こそばしにきているのかなと思った。

四十九日。結愛が亡くなって49日も経った。お寺でお経を唱えてもらい、お骨をお墓に入れることになった。私は結愛の骨をなでたかった。

結愛の骨を一つ一つ手に取ってそっと優しく触れたいと思った。墓石を抱きしめたいと思った。結愛のお骨が入ったお墓をジーッと見ていると、角ばった固くて冷たい石ではなくて、柔らかくて温かい笑顔が可愛い結愛の顔に見えてきた。

でも手を触れると、冷たい石のままだった。

香川に帰ってきてからも任意の事情聴取は行われた。私はそのために警察署に自分の車を運転して行った。こっちに帰ってきてから外の様子が気になった。警察なのか記者なのか、いつも監視されているような気がする。心がそわそわしてくる。

私が何をすれば満足してくれるのだろうか。私が自宅の庭で首つり自殺すれば、どうだろうか。庭だと外からも覗けるから、記者たちも写真に収められるから嬉しいだろう。どこの木がいいだろうか。私が死ねば、もう父と母にもこれ以上迷惑はかからないだろう。

逮捕前日のことだった。任意の事情聴取中に刑事の様子がいつもと違って、ざわざわしていた。帰りも、私を事情聴取していた刑事が私の家に帰る通過点で待ち構え、家に到着するのを見届けていた。私は理解した。

ああ、やっと逮捕されるんだなぁ、と。

第4章

深い闇から

取り調べ

今日から取り調べが連日行われる。[*1]

刑事から、「風呂場で裸の結愛ちゃんを見たでしょ」と聞かれた。刑事が言うには、2月25日ごろ風呂場で、彼が結愛の顔をグーで殴ったという。私がいなかったと彼も言っているらしい。グーで……また本気で怒ってたんだ。

でも裸にして？　水かけた？　それって本当のことなの？

刑事から聞いたことと、私が本当に見たことの区別がつかない。あれは見たことなのか。それとも刑事に言われたことなのか。2月の初め、私が部屋にいる時のことだ。彼が手の甲で、結愛のおでこか目のところをパチッと叩いたのは確かに見ていた。それ以外に彼の暴行を直接見ていない。

「アザは？　たくさん見たでしょ？　全身に１７０か所だよ。足の裏はたばこじゃないの？　暴行を見てなくても、アザは見たでしょ？」

朝だけは一緒にいたはずだ。でも部屋を暗くしていたし、服も着ていたし、そっとそっと彼を起こさないようにびくびくしていて、いつも緊張していたから、余計な動きができなかった。本当に見ていない。

「どうして見なかったの」

見ました、だけどそんなにたくさんアザがあったなんて、知らなかった。

「どうして食事を与えなかったの」

あげてました、でも太らないように……私たちは隠れて食べてました。トイレに隠れて、菓子パンの袋を破く音で彼が起きてこないように、そっとそっとパンやお菓子を食べていました。

そんなの食事じゃないと言われても、栄養があって太らなくて結愛の好きな食べ物といえば、チョコとかチーズくらいしか思い浮かばなかった。

今ならチョコレートは太るのではないか、と言われたら、当然「はい」と答える。だが、あの時は食べ物の体積が小さければ太りにくいという考えしかなかった。彼があんまり白いご飯は食べさすなと言っていたから、そんな食事は太るという考えにとらわれすぎて、お菓子なら太りにくいと思うようになった。

今ならこの考えがおかしいということに気づける。いや、当時だって最低限の栄養の知識ぐらいあったはずなのに。

いろんなことを聞かれながら、ふと自分の立場を忘れ、「刑事さんたちは、毎日狭い部屋で私とパソコンと向き合い疲れないのだろうか。体調は大丈夫なんだろうか」といったことが、気になっている。

いま私が向き合っている刑事は、どうしても私の苦手なタイプだ。

この人と会うと、いくつか思い出す場面がある。

まずは、私が逮捕され、東京に新幹線で護送される時のこと。記者がその様子を写真に撮ろうとした。その時、この刑事は「彼女にも権利がある」というニュアンスのことを言って、必死に食い止めていた。

次に3か月前、結愛のお葬式の後、私がまだ逮捕されていなくて、任意の事情聴取の時のことだ。

「家族みんな葬式で泣いていたのに、あなたは泣いていなかったよね。あれは何？性格かな？　おかしいんじゃないの？」

私は悔しかった。涙が出なかったんじゃないんだよ。お葬式で泣くということは被害者の母親に自分が分類されるということ。被害者の母親として被害者づらする私を加害者の私が許さなかった。涙がこぼれないように必死で耐えた。しかし心はずっと泣いていた。自分の子供が亡くなって悲しくない母親なんているんだろうか。

「結愛ちゃんのことを愛してなかったんじゃないのか」という問いに悔しい気持ちが込み上げた。そのとき私の中の時計が狂い始めた。針が進むスピードが遅くなったり、止まったり、逆戻りしたり。「愛していた」と言いたいのに、声が出ない。私なんかが、愛していたと声に出して言ってはいけないということなのか。


悲しい、辛い気持ちは涙が出ないと証明されませんか？

悲しい時は涙を流さないといけませんか？

涙が出ないと悲しみは伝わりませんか？

表情や口調、態度、本当にそれがその人のすべてで、想像や経験だけで決めつけてもいいものでしょうか？

こういう場面では泣くのが普通だから。

こういう場面ではみんな笑うから。

こういう場面では一般的にはこうだから。

私もよく使う言葉、「普通」「みんな」。でも、普通の正体とはなんだろう?まわりの人に自分の考えを言うと、どこかずれているみたいだ。私の発言や行動にびっくりする人もたくさんいた。今時は幼稚園の子でも知っていることかもしれないが、私は26歳にして初めて知った。まったく同じ人間はこの世にはいないということ。だからなんでも普通の型に押し込むことは間違っているということを。普通は、という言葉が多くの人を生き辛くさせている。

＊1　この章以降は、筆者の逮捕後、２０１８年８月に東京拘置所に移管されてから綴った日誌形式の記述である。

「死にたい」

取り調べの時、警察官に言った。「ナイフで切りきざまれたい」「死にたい」と。

私は自分のことを熊の人形だと思っている。色は薄い茶色。どこにでもあるようなテディベア。首には赤くて細めのリボンがついている。

だから切りきざまれても自分の体からは綿しか出てこないと、本気でというより当たり前のように思っていた。私は自分の体に血が流れているなんて知らなかった。

みんなの目からは私が人間に見えるだろう。でも私は人形でありロボットであり、幽霊であり、もちろんたまに人間もやっている。いつ、どういう時に人形やロボットたちが出てくるのか私にはわからない。

人形でもロボットでも共通して思っていることは、結愛のことを愛しているということだ。

警察官は私が「死にたい」と言った時、「あなたより辛い思いをしている人はたくさんいるんだ」と言った。私は頭の中がハテナだらけになった。

「何それ、意味わかんない。悲劇のヒロインを演じたいわけじゃない。人には辛いと感じる度合いは違うし、辛さを競い合っているわけでもない。私より辛い思いしている人も一生懸命生きているんだから甘えたことを言うな、とでも伝えたいのでしょうか？」と口にしそうになったが、ぐっとこらえた。

人に「死にたい」と相談された時、みんなはどうするんだろう？

私は「死にたい」と相談をされたことはない。それどころか、まさか自分が「死にたい」と言う立場になることなんて想像もしていなかった。

「結愛ちゃんのために生きて償《つぐな》え」と言われるが、私はこの言葉が大嫌いだ。

「生きて償う」という言葉は生きたい人のためのものであって、私のような立場の人間で本当に生きて償っている人は、この世に何人いるのだろうか。ただ死ぬのが怖いから、そう思おうとしているだけではないか。

私は被害者の家族の気持ちがわかった。だから何も悪くない娘の命は失われているのに、娘の命を奪った私の命があるのは不公平だと思う。どんなに私が反省して、罪を償う努力をしていたとしても、命ある限り、生きている限りは一瞬でも「楽」を感じる瞬間はあると思う。結愛はそんなことすらも、もう感じられないのに。

生きていた時の記憶も、自分が死んだということも、もう何も感じられない。何も感じられないということさえも感じられない。「ただ生きる」ということがこんなに難しいことだとは思わなかった。仕事して遊んで食べて寝る。生と死は単純で簡単なものだと思っていた。

誰かに死にたいと言われたら、私はどうするだろうか。大丈夫よ、と言えるだろうか。ただ黙って抱きしめるだろうか。

私は刑事の話を聞いて「どうしてありきたりのことしか言えないの？　余計に死にたくなったんだけど」と正直思った。

本を読む

取り調べの休憩時間には、本を読んで気持ちを紛《まぎ》らわすことにした。そして、本に対する印象が１８０度変わった。本には書いた人の本当に伝えたいことが隠されている。私はバカだからまわりくどい書き方しないで、どストレートに書いてよ、なんて思ってしまう。1回では理解できず2回以上は読みかえすようにしていた。

1回目では得られなかったものが、2回目ではなんて面白いんだと思える。2回目で気がつかなかったことが3回目で気づける。

本には、その人の失敗談、成功体験の知識とか感情がいっぱいつまっていて、もっと早く本の魅力に気づいていればこんなことにならなかったかもしれなかったと思い、悔しかった。本を読んで考える力が身についてきたような気がした。

文字を読む楽しみをひたすら味わっていたため、物語の内容は二の次だったが、『三月は深き紅の淵を』（恩田陸・著）は深く心に残った。章ごとに登場人物も、話も違うけど、一冊の本を巡って物語が進行するという点で共通している。

私は本好きの老人たちの章にほっこりした。読後、不思議な世界に引きずり込まれた感覚になった。結愛が死んだ夢の、そのまた夢の中に入ったような……。

本を読みながらたくさんのことを考えて、教えてもらって、学べば学ぶほどますます、自分に嫌気がさし、自分がいかに無知だったかを思い知らされ、自分に対しての怒り、恨み、呆れの思いが強くなった。改めて、私はこの世に存在してはいけない人間だと確信した。

母親を選べなかった結愛には本当に申し訳ない。

「シアワセハドウカク」

気がつけば、私は、「自殺」についてばかり考えている。一度死にたいと考えだしたら、それ以外の解決策が何も浮かばなくなる。助けを求める力なんてもういらない。残しておくのは最後の死ぬ力だけでいい。

一秒でも早く楽になりたいのに、どうして自殺してはいけないのだろう。今まで誰に聞いても納得いく返答はなかった。だったら私が自殺してはいけない理由、自分だけの答えを自分で見つけるしかない。

でも一人で考えてはだめ。私は間違える。誰かに頼ってもダメ。誰かに決めてもらうなんて間違いだ。だったらどうするの？　みんなで考えて、私が自分で決める。みんななんて、どこにいるの？　誰が私なんかのために力を貸してくれるの？

結愛のあの時の苦しみや痛みを取り除いてあげることも、体の傷と心の傷を元に戻してあげることも、どんなにどんなに頑張っても、私の命を差し出してもしてあげられない。私にできることは、ここに今はいない結愛の気持ちを、ほんの少しでもいいから和《やわ》らげてあげること。そのために、いま私がしなくてはいけないことは何だろう。
この答えが出ない。だけど、毎日、自分が結愛のためにできることは何かを考える。こうやって死ぬまでずっと考え続けることも償いの一つになるのかな。

この時ほんの少し、結愛の死を受け入れそうになっていた。

そんなことを考えている時、同じ居室のベトナム人の方に聞かれた。

「シアワセハカンジデドウカキマスカ？」

私はその人の紙とペンを使って、土と書きその下に羊の字を書いた。んっ？　こんな漢字あったっけ。その横に土を書いて今度は線を一本減らして書いてみた。わからない。しあわせがわからない。

「ここに来る人たちはみんな〝さち〟とは縁がうすいからねー」と横から声がした。

私もその通りだと、苦笑した。それから30分後に新聞が読める順番が回ってきた。私は一心不乱に隅から隅まで「シアワセ」という漢字を探し見つけた。見つけた瞬間、心に明かりがパアッと灯《とも》った。やっと出会えた。

もう絶対に忘れない。忘れてたまるもんか。

呪縛

6月18日（月）

取り調べは、10日間延長になり後半にさしかかる。

机をはさんで向かい合うのは十何回目になるだろうか。この人には、もう何回心をナイフでえぐり取られることを言われただろう。私が目を合わせたのは2回だけ。なんでそんなこと言われないといけないのと思ったこともたくさんあった。だけどよく考えれば答えは簡単なことだった。

　この人は結愛の気持ち、世間のみんなの気持ち、自分の気持ちをストレートにぶつけてきてくれていたというだけのことだった。

　２０１８年3月3日、まだ任意の調べ中、この刑事は「僕はあなたを許さない」と怒りの涙を流しながら私に訴えた。そうだよね、結愛の体と部屋中に張りめぐらされた結愛のやらなくちゃいけないリストの貼り紙を見たら、誰だって許さないと言うよ。

　一方で、証拠が出てくるにしたがって、理解してくれたこともある。

刑事は「僕が呪縛を解いてやる」と言った。呪縛って？　何それ？　私が何かに呪《のろ》われていたの？

刑事からは、あの人が、「妻を洗脳していたと認めている」とも言われた。何のどこが洗脳なの。結愛のためだと言っていた、あの人の言葉は嘘だったの？

私への理解を示してくれることは、取り調べをする人の調書を作るためのテクニックだろうと思ったこともあったけど、心が揺さぶられることもあった。同時に心の中の誰かが私に語りかける。

「あなたが置かれている立場をよく考えなさい」

私が置かれている立場は加害者である。どんなに結愛を愛していたって言っても、どれだけ結愛を可愛がっていたとしても、結果を見れば誰も私の訴えなど信じられないのだろう。

どんな状況であっても、子供を守るのが母親の役目だ。私はそれを果たさなかった。誰かや何かのせいではない。すべては私の責任だ。結愛には言い訳が許されなかった。だったらもうわかってるよね。私に言い訳が許されないのは当然のことだ。ましてや私は大人だ。

弁護士

起訴される日が近づく中、私は運命的な出会いをした。

はっきり言ってもう誰とも話したくなかったし、何もかもを放棄《ほうき》したかった。面倒くさかった。

面会室に向かっている私は、まだ長い長い夢から覚めていなかったせいで体が「のべー」としていた。床に寝そべっている私の上を巨大ローラーが通過したように。

面会室に入って弁護士から、もう一人の弁護士を紹介してもらう。

私の裁判には二人の弁護士さんがついてくれるそうだ。

紹介された女性弁護士の第一声は「若いお母さんだね～」だった。

私はびっくりした。もっと責められたり、呆れられたりすると思っていたから。でも目の前にいる弁護士さんははっきりとした物言いをしそうなのに、とっても優しい瞳をしている。瞳がこの人の瞳であることをとっても喜んでいる感じだった。

ただし信用できそうな人だからといって、私は自分の中身をさらけだすわけにはいかない。簡単には本音を出してはいけない。誰にも見せない。心に鍵をしよう。まず心のまわり六面をコンクリートで固めよう。そのまわりを檻《おり》でかこんで部屋に閉じ込めよう。その部屋のドアには12個の南京錠をかけよう。

6月27日（水）起訴

逮捕されてから今日まで毎日ずっと、ここは死後の世界だと言い聞かせてきた。私は夢を見ているだけなのだから、そんな必要はないのかもしれないが。夢の中での死後の世界とはなんだろう？　夢の世界と死後の世界は同じだろうか？　どっちがどれでどうなのか。目を閉じると、頭と体の中をミミズが高速で動き回っている感覚に襲われる。

もうこの現象には慣れた。人にいちいち聞くことでもないが、みんなも私と同じだろうか？　ミミズは渋滞して混乱して高速で動き回るが、色は黄色の部分と透明の部分がありそうだ。たった数秒のできごとだけど、私の中の遺伝子が体中をかけめぐり、何か悪い知らせを教えてくれようとしている感じがする。

それから（拘置所へ移るまで）の42日間はひたすら本を読んだ。気になる箇所は何度も読み返して、1日1、2冊ずつ読んだ。

この夢から抜け出せるヒントがどこかに隠れている気がして、もしかしたら答えがあるかもと思った。一言も読み落としがないように。でも本を必死に読み漁《あさ》り、本が好きになったなんて恥ずかしくて言えない。素直に好きなことは好きだと言えたらどんなに楽だろう。

拘置所へ

8月9日（木）

逮捕されてから2か月が経った。私の生活する場所が替わった。

新しい部屋に入った時、「私のいるべき場所はここだったんだ」と居心地の良さを感じた。初めてなのに初めてきたという感覚はなく「なつかしい」「やっと帰ってこれた」「安心する」という気持ちだった。悪い私を監視してくださるところ。なのに屋根があり、布団があり、ご飯が3回出てきて、お風呂にも入れさせてもらえて、本も読めて、ラジオも聞けて。

私にはぜいたくすぎると思った。悪いことをしてこの部屋にきたはずなのに、良いことをたくさんして天国にきたかのような気分だった。もう、この施設から出たくない。外の世界は私の住むところではなく、私がいてはいけない場所だ。一生ここにいたい。私が誰かと関わるとその人を傷つけてしまう。それが怖い。自分が傷つくよりも大切な人が傷つくのが、それも自分が原因で傷つけてしまうのが一番の恐怖だ。

もうこれ以上、私のせいで傷つく人を増やしたくない。そのためには一生施設の中で暮らすか「死」を選ぶか、どっちかしかない。

私は今まで人から「ありがとう」と言われることで自分の存在価値を確かめていた。子供たちと楽しく過ごしているだけで自分は生きているんだと実感できた。

でももう何かを必要としたり、不安になったり安心感を求めたりする必要はない。私はすべてを失ったんだから。

8月10日（金）　お風呂の日

結愛がお風呂場で恐ろしいことをされていたと取り調べで聞いた。信じられず、思わず言った。

「本当に彼がそんなことしたんですか？」

彼は結愛の顔面をげんこつで殴ったことを認めているらしい。どうして？　それもあなたの言うしつけの一つなの？　私の知っていることと全然違う。おかしい。風呂場で一体何があったの。怖いよ。もう何が本当なのかわからない。

逮捕前ネットのニュースで目にしていたが本当だとは思っていなかった。逮捕前は家のお風呂に入っていなかったが、そもそもお風呂に入る気力もなかった。

2週間に1回、銭湯に行った。外に出て車を運転するのは面倒だったが、お風呂に一人で入ることの恐ろしさが勝《まさ》った。留置場では大浴場だったので一人で入る時もあったが、監視する人もいるので大丈夫だった。拘置所では家庭用のお風呂に一人で入らなくてはいけない。

お風呂に入ると見えるはずのないものが見えた。ずっと見えた。たくさん見えた。目を開けても閉じてもずっと見えた。お風呂は1か月に1回でいいと思った。お風呂に入るだけですごく体力を使う。これをきっかけにいろんなものが急に怖くなった。浅い呼吸を繰り返しながら、急いでお風呂に入っていた。

今日は弁護士さんが様子を見にきてくれた。少しほっとした。こわばった体をいくらかほぐすことができた。

8月11日（土）

私のいる部屋の外廊下には観葉植物が置いてある。

きちんと緑を見たのは何か月ぶりだろう。落ちつく。家には必ず観葉植物を置いてあった。お花を花びんに入れて眺めるということが意外と好きだ。

お花は本当に可愛くて癒《い》やされるし、結愛みたいだといつも思う。

でもバラだけはどうしても好きになれない。ハンドクリームやボディソープはローズの香りを選ぶのに。トゲがあって人を傷つける可能性がある。そこだけは自分に似ているからなのかな。

9月15日（土）
久しぶりに変な夢を見た。
私は知らない女と戦っている。凶器とかは持っていない。海の横にある倉庫で、おたがいに素手だ。私はその女との戦いに勝った。私はその女をかついで階段を上っていく。まわりにいた野次馬《やじうま》たちは、かつがれてぐったりしている女を見て可哀想だと言った。
「私だって必死に戦ったんだ。頑張ったんだ」と心の中で思いながら上りきった。そこにはドアがあったのでドアノブをまわし、中に入る。中はショッピングモールに繋がっているようだ。

かついでいる女の口が動きそうになったので、私はその女の口を「口封じ」と言いながら平手でバシッと叩いた。女の口のまわりは冷たくて硬かった。

どうやら5分おきにこの女の口を「口封じ」と言って、バシッと叩かないと余計なことを言ってしまうらしい。私は何度も何度もその女の口を封じてやった。何度も何度も思いっきり叩いた。

目が覚めた瞬間、心臓も首の血管もドクドクドクと大きな音をならし激しく活動を始めた。体にサーッと血が流れるのを感じた。

夢の中で私がかついでいた女のことがどうも気にかかる。あの女はもしかして私？　私が私の口に「口封じ」していたということ？　「余計なことを話すなよ」と。

しばらくの間、まだ手に残る、冷たくて硬い感触が消えないようにしていた。この感触が消えると結愛までも消えてしまうのではないかと。

「ハア、今日も生きている。昨日のお祈りが足りなかったか」

私は9月に入ってから、毎日寝る前にお祈りをすることにしていた。

「心臓さん、お疲れ様、今までよく頑張ったね。でも、もう頑張らなくていいんだよ。

今まで本当にありがとう」と言って心臓の上をなでる。

「明日の朝こそは、目覚めませんように。お願いします」

しかし毎日毎日朝はやってくる。朝、目が覚めた瞬間、激しい動悸に襲われ、口から心臓が出るのではと思うほど、心臓の震動が波紋のように全身に広がっていく。止まったままでいいのにという気持ちとは逆に、血液は体の隅にまで行き渡ってしまう。

クリスマスまでに

9月20日（木）

弁護士先生が、カウンセラー[*2]の先生を連れてきた。DVの専門家だという。

弁護士以外の普通の接見は、この人が初めてだ。誰にも会いたくなかった。親にもこないでと言ってあったから。

先生は優しくて、なんでも話を聞いてくれた。そうだよね、と何度も言ってくれた。私はちゃんと答えられていただろうか。これがカウンセリングというのかな。

毎日説教されたと言ったら、それも心理的虐待だと言ってくれた。結愛に暴力を振るうことも私へのDVだって言っていた。香川では、体にアザができていないとDVじゃないと言われた。

自分がおかしくなっているという自覚があったので、香川の医療センターでは精神科医を紹介してもらった。でも問題ないと言われた。こんな風に話を聞いてくれる人は香川ではいなかった。先生は6回も来てくれた。

だけど、私がＤＶの被害者だったらどうなるの。そんなの言い訳だよね。

カウンセラーの先生は、私が子供のころ、親に虐待されていないかどうか聞いてくる。それは調べでも聞かれた。ない、と言うと少し首を傾げた。親は私に手を上げたことはない。それは本当のことだ。

みんながそれを聞くのはどうしてだろう。私の幼少期の生い立ちに何か問題を見つけようとしているのかな。

10月26日（金）

10月に入ってからもずっと「死」との戦いだ。

私はとっても怖がりで幽霊の存在を恐れている。少し物音がしただけで「ギャー」と叫んだり、体と心臓がびくびく反応したりしてしまう。そんな私でも結愛の幽霊なら出てこい出てこいと願い続けた。

正確に言うと、結愛は病院か施設で過ごしている（結愛が亡くなったなんて１ミリも思っていないから）ので生霊《いきりょう》ということになる。

私は１秒でも早く結愛を抱きしめたいのだ。どうしても抱きしめないと結愛が本当に死んじゃうかもしれない。でも、ひょっこり現れるかもしれない結愛は、いつまでたっても現れない。

もう少し待ってみようか。いや、やっぱり私から会いに行くべきか。

そんなことを思いながら、この日、本気で死ぬ決断をした。

逮捕から2度目のことだ。

なぜ10月26日かというと、まず一つは金曜日だと土、日を使って親が私の遺体を引き取りにきてくれると思ったから。なるべく仕事を休まなくてすむように。二つ目は四十九日がクリスマス時期とかぶらないように、クリスマス前には終わるように。三つ目は結愛と離れた平成30年でないと結愛には会えないと思ったから。

最後に、なんといっても死ぬ時はバレずに死ななくてはいけない。

毛布ではなく布団を使うこの時期なら、ぶ厚い布団で首元を隠せる。布団の中に長ズボンも隠しておける。あまり早い時期に布団を使って変に思われるとダメなので、10月26日が最適と判断した。

今日までずっと悲しみの涙を表に出さないようにしてきた。人前で涙を流せなくなったことも関係しているが、こういう日のために我慢してきた。あまり心配されて気にかけられると計画通りに行かないかもしれない。

とにかく死ぬのに必死だった。だけど、せめて少しでも親にこれ以上迷惑がかからないようにと考えた。これで親の肩の荷がおりればと願った。

結愛と同じになりたかった。それで私も楽になりたかった。

長ズボンを首にまく。ぎゅーっとしめ続ける。なのに苦しくない。なんで、なんで？　パニックになった。なんで息ができてるの？　とがっかりした。情けない。手に力が全然入っていなかったみたいだ。

ご飯を食べる力も本を読む力も歩く力もあるのに、どうして死ぬ力はないんだろう。本当に自分に腹が立った。

また体が死ぬのを拒否している。それとも死ぬのにすごく体力と気力がいるってことかな。気づいたら朝だった。

＊2　ＮＰＯ法人女性ネットSaya-Saya代表理事・松本和子氏。社会福祉士、精神保健福祉士、家族と子どもセラピスト学会認定セラピスト。

「一緒に頑張ろう」

12月27日（木）

平成30年が終わってしまう。ラジオからは楽しそうな音楽、人の声、雰囲気が伝わってくる。私には関係のないことだ。恐怖でもある。今年中に決着をつけよう。半年前に見た記事がよみがえる。

「母は警察に言われたまま子供の保護にも素直に応じ、他人事《ひとごと》のような対応だった」

「あまり子供に関心がないのか、結愛ちゃんに対してあっさりしていた」

どうして私はいつも勘違いされるんだろう。なんで自分の気持ちがうまく相手に伝わらないんだろう。「死」をもって「証明」してみせる。

一瞬でもいい。一瞬でもいいから結愛への愛をみんなにもわかりやすく表現したい。感情表現の苦手な私には、もうこの方法しかない。

もちろん悔しくて悔しくてたまらないから見返したいという気持ちもある。面白おかしく私の死をネタにされるかもしれない。だけどそれでもいい。

とにかく誰か一人でも私の気持ちに気づいてくれたら死んだかいがある。それだけで充分だ。結愛もきっと喜んでくれるはず。死んだからもう、まわりの反応を気にする必要はない。

あとは日にちの問題だ。クリスマスや年末だと家族にも施設の人にも迷惑かかるな。そんなこと考えてる場合じゃないか。いつの間にか、数字にとらわれるようになってしまっているな。

いろいろと迷っていたクリスマスの時期、ある人から手紙が届いた。弁護士だ。手紙を読んで涙が出たのは初めてだった。手紙は「これまで大変だったこと、来年も一山ありさらに大変になること、でも一緒に乗りこえましょう」といった内容だった。

以前、弁護士とこんなやり取りをしたことを思い出す。

「あなたが間違った考えに行きそうになったら私が修正する」

「でも……本当に無理なんです」

「大丈夫。裁判までになんとか普通に話せる状態に持っていくから」

「うーん……」

絶対無理だと思った。私が心を開いた相手なんて、ただの一人もいない。私のことを理解してくれる人なんて、ただの一人もいなかった。だから私は誰にも心を開かない。開きたくない。

だが、私はこの弁護士に心を開きかけている。半年間この人とはたくさん、なんでもない話をしてきた。私がひどく落ち込んでいる時も「頑張れ」とは言わない。必ず「一緒に頑張ろう」と言う。

面会終了後、必ず笑顔で手を振って「バイバイ。また会いにくるからね～」と言う。私がここまで生きてこられたのは、この先生が頻繁に面会に来てくれ、笑顔で「またくるね」と言ってくれるからだ。どんなに落ち込んでいても、たった10分、先生と話すだけで気力が少し戻ってくる。

どんなに死にたくても、先生と会うたびに2週間は寿命がのびる。先生の「一緒に頑張ろう」は嘘ではなく本気の言葉だから。瞳が必死に私に訴えている。

私は迷った。死にたいと言いながら結局死ねていないのは、死ぬのが怖いからなのではないか。本当に死にたいのなら、もうとっくに死んでいるはずだ。相変わらず卑《ひ》怯《きょう》な自分に呆れる。毎日「今日は死ぬぞ」と意気込んで布団に入る。でも死ねない。ロープと木があればな……。だけどこういう日が続くと、なぜだか次第に気力が少し戻ってくる日も増えてくる。二日頑張ったら死のう。二日後に首をしめる。

ぐずぐずしていると、結愛に会えないどころか結愛の母だったという事実もなかったことになってしまうのではないかと不安で仕方ない。結愛がどんどん遠くなってしまう。死んだら結愛に会えるはずと、ずっと思ってきた。

本当にそうなのか、死ぬことが正しい道なのか、他に何か方法があるのではないか。私はいつも間違った選択をしてしまう。必死に考えて悩んだ決断も、二択の簡単な問題でさえも正解できない。

努力は必ず報われるなんて言葉、大嫌いだ。私の努力が報われたことなんて一度もない。そりゃそうだよね。間違った努力を間違いと知らずに必死にやって。そんなのが報われるはずないよね。

死後の世界

2019年1月7日（月）

私はリフトに乗っていた。下を見渡せば、お昼寝するには持ってこいの緑の草がもふもふ生えている。空は水色、雲は白くふわふわの絵に描いたような風景だ。すぐに到着してコンクリートの道路に降り立つ。

右、左、真ん中の三つの道があったが、右の道端にはピンクや黄色のお花がいっぱい植えられている花壇が真っすぐ伸びている。道標のようなその花壇に沿って、しばらく進むと右手にさっき私が乗ってきたリフトと同じようなものを見つけた。ここに結愛がいると確信し走った。とにかく走った。

リフト乗り場を中心に、右側はぐるっと一周してまたリフト乗り場に戻ってくるもの。左側のリフトは一方通行で、その先は雲でさえぎられていて何があるのかわからない。わからないけど「死後の世界だ」と私は思った。

リフトの稼働時間は17時まで。とにかく早く結愛を見つけ出さなくては。必死に結愛を探しまわった。「どこにもいない」。私は焦る。いろんなところを探したが、結局、最初にきたリフト乗り場に戻ってきた。

リフト乗り場のトイレに入ってみる。その瞬間、結愛が女の子座りで、汚れたタイルの上に座って下を向いているのが目に飛び込んできた。

「ゆあーっ」と私が叫ぶと結愛は顔を上げて「にこっ」と笑い、「ママやっぱりきてくれたんだね」と言った。私は結愛を抱きしめ「お腹すいてない？」と聞くと結愛は「すいてない」と言った。

「ご飯どうしたの？」

「ないしょ」

「怒らないから教えてくれる？」

「近くのごはん屋さんのおばさんがくれたんだよ」

トイレの中をパッと見ると、結愛の右には4歳くらいの男の子が、左には8歳くらいの女の子がいた。二人ともお母さんを待っているのかなと、いたたまれない気持ちになった。二人も早くお母さんに会えますようにと願った。

時計を見るともう16時55分。あと5分。急げ。

急いでトイレを出てリフトに乗る。間に合ってよかった。雲を通過するまであと少し。もう少し。結愛と一緒に行けて本当に嬉しい。

目の前が白くなった。サーッという感覚で体に血が通った。雲を通過した雲の白さではなく天井の白さと照明の黄ばんだ白さに気づき、絶望した。

あと少しだったのに。悔しい。何がいけなかったんだろう。

もっと早く結愛を見つけ出せていたら、最後まで行けたのか。

トイレはリフト乗り場の横にあった。最初に到着したすぐ横にいたのに、探すのに時間がかかった。大切な者って近くにいすぎて当たり前の存在になっていて見えない。見えにくい。本当に守らなくてはいけないものが、すぐ隣にいたのに気づかずに守れなかった。

今さらそんなことに気づいてももう遅いよ。最悪の場合にならないと大切な物事に気づかない自分が本当に許せない。一番大切な者を傷つける自分なんて許さない。

結愛は「ママやっぱりきてくれたんだね」と言った。結愛は私のことを待ってくれている。早く結愛のところへ行かなくちゃ。

千葉県野田市の事件

2月4日（日）

悲しいニュースがラジオから聞こえてきた。私と同じような母親が、また子供を見殺しした[*3]。彼女の日々を思うと胸が苦しい。きっと夫の顔色にびくびくし、夫のご機嫌を取ろうとしていたに違いない。私もそうだったから。

私は拘置所にきてから、多くの記者から手紙をもらった。ほとんどの人が「同じ思いをされている母親のためにも話を聞かせてもらえませんか」というものだった。

記者からの手紙は私を責めようとしたわけではないと思うけど、どうしても自分のせいだ、自分がもっとちゃんと話せていたら何か変わったのかもしれない、と考えてしまう。一度考えだしたら止まらない。また私は選択を間違えたのか。でも私が話したぐらいでは何も変わらないよね、と何度も自分に言い聞かせた。

この日からまた気分がさらに沈んでいった。

3月1日（金）

12月から続いていた儀式。あと何日頑張ったら死のう。

何日頑張った、やっと死ねる、今日は死のう。そうやって思うと死ねる日がとっても嬉しくなる。やっと死ねる。やっと結愛に会える。やっとこの苦しみから解放される。頑張って生きた後の死は楽しみであり、体中に幸せのホルモンが充満するのだ。

私にとっての唯一の幸せを感じる瞬間が「やっと死ねる」という状況だった。それしか楽しみはなかった。「死んだふり」「死ぬこと」によって私は「生きている」。「生きているから死ぬ」ならわかるが「死ぬから生きられる」のはなんかおかしいよね。

明日は3月2日。今日はどうしても結愛と一つになりたい。結愛と一緒になりたい。

誰か私を殺してくれませんか？　自分で自分を殺す力がありません。今日こそは、本気で誰か私を殺してください。

3月2日（土）

今日もダメだった。どうかお願いします。もう死なせてください。お願いします。

お祈りが足りないのかな……。あれから1年、生き続けてしまった。

1年前のこの日、病院で医師に結愛の死の宣告を受けた時、気がサーッと遠くなって、体がどさっと崩れ落ちた。そこを、あいつが抱きとめて、どうにか気を保っていた私に、「死ぬなよ」と言った。

あの人はずるい。私が「死ぬ」と思うんだったら、どうしてこんなことしたの。

なんで私を殺さなかったの。あの人に「死ぬな」なんて言われたくない。だったら結愛を返して。しかし私は、あの人にまだそれを言っていない。「結愛を返して」とは、言えない。

彼は私に出会わなかったら、こんなことにはならなかった。彼と結婚したことも、彼を止めなかったことも、結愛を病院に連れて行かなかったこともみんな私のせい。

なぜ、あの人は私に「死ぬな」って言ったの？

もうあの人の言うことを聞いてはいけない。死ななくちゃ。

3月15日（金）

精神科医[*4]とカウンセラーが面会にきてくれた。

裁判所に私の精神状態の意見書を出すという。女医さんだったことに驚いた。優しい声で話す。心地いい声。

「いいんだよ、本当のこと言って」

でも立ち合いの人に話を聞かれるなんて嫌だ。診察室のようにきちんと話せるかな。

＊3　千葉県野田市で、小学4年生の栗原心愛ちゃんが両親から虐待を受けて死亡した事件を指す。この事件でも、娘への虐待のほか父親から母親へのDVが指摘されている。行政が何度か介入を試みたが、救われることはなかった。

＊4　こころとからだ・光の花クリニック院長・白川美也子氏。同氏による意見書は、巻末に収録。

離婚成立

4月11日（木）

弁護士先生から、彼の弁護士から離婚届が届いた、と聞いた。彼に、昨年の11月には離婚届を送っていた。でも彼は、なかなか返してこなかった。まだ私を縛ろうとするのか、彼は私の本心が聞きたいと言っているという。ずっと離婚したかった。彼はそんなこと知っているはず。どうしてまだそんなことを言ってくるの？　本当に彼はずるい。

2度目に児相に保護された時、本気で離婚したいと思って、病院の先生にも相談した。東京にきてからも離婚してくれと泣いて頼んだが、中途半端に終わってしまった。ようやく離婚が成立したのは、すべてが手遅れになってからだった。

4月30日（火）

4月から5月にかけて連休だ。元号が変わるみたいだ。今度こそ本当に、ここで死なないと平成の時代にいる結愛は平成でさまよってしまうことになる。私も平成に残りたい。今まで結愛とはなんでも一緒だった。好きなもの、好きな花、景色、歌、食べ物、人、テレビゲーム、ほとんど一緒で口ぐせも発言も考え方も一緒。私が小さくなって美人さんになったのが結愛だ。

双子じゃない。母娘よりもっと強く誰にも見えない、理解できないもので結ばれている。シングルマザーだったからじゃない。私は将来、結愛と友達であり母娘でありそれ以上の関係を作りたかった。拘置所にきてから毎日のように結愛の妄想を寝る前にしている。小学生の結愛、中学生の結愛、高校生の結愛、大人の結愛。

絶対離れたくない。これまで時空がゆがんで目の前には透明の壁ができたり、自分の感覚や風景が急に変化したりした。夏の暑い日。太陽の日射しがアスファルトにあたるなか道路を眺めていると透明のモヤモヤしたものが道路上を漂うように見える、あの感じだ。私の身にいろんなことが起こった。

だけど結愛と離れたことはない。今回は平成が終わることで時空にゆがみが生じて、結愛だけこっちの世界にこれないような気がする。だから私は死んで、結愛と一緒にみんなとは別の世界で暮らすんだ。やっと二人きりになれる。

私は遺書を残すことに決めた。

弁護士先生へ

先生にはとても迷惑をかけてしまい、申し訳ありませんでした。

先生たちにはいつも限界以上のことをしていただいて、本当に感謝しています。ここまでなんとか生きてこられたのも先生たちのおかげです。仕事の枠をこえて本気で心配してくださって面会の時には、いつもにこにこして元気をくださって本当にありがとうございました。息子のこと1回でもいいんです。一瞬でもいいから気にかけてやってくださいますよう、よろしくお願い致します。

息子に関わってくださっている関係者の方々へ

息子をいつも大切に育ててくださって本当にありがとうございます。

私は勉強をせずに育ってきて、大人になってからとても困りました。でも今は本が大好きになりました。

息子にも本を大好きになってほしいと思っています。本を通してたくさんのことを学んでいろいろな感情を養ってほしいです。考えるということを身につけさせてほしいです。答えは一つじゃないこと、答えを探す方法や解決策は一つじゃないということを教えてあげてほしいです。

たくさんの選択肢や知識を与えてあげてほしいです。

どうかお願いします、力を貸していただけませんか？　私の大切な大切な息子をこれからもよろしくお願い致します。

私の大切な息子へ
あなたは今、何歳になりましたか？　好きなものは何ですか？

元気にしてますか？　あなたに重荷を背負わせてしまったこと、本当に申し訳ありませんでした。あなたは何も悪くない。悪いのは全部私です。

あなたは人生をおもいっきり楽しんでください。何も悪くないんだからまわりがなんて言おうといっぱいいっぱい楽しんでください。学校の勉強なんてできなくていいんだよ。あなたが生きているだけで私も、あなたのまわりの人もみんな嬉しいんだよ。

あなたが生きているだけで充分だよ。

あなたが生きているだけでみんなを幸せにしているんだよ。

でも、もし辛くなったりしたら逃げてもいいんだよ。

「助けて」って声に出してしっかり言うことも大事だよ。

今いる場所が、今見ているものが、今感じているものがすべてではない。世界って広いんだよ。あなたにぴったりのところや居心地がいいところはたくさんあるんだよ。

だから、いっぱい遊んで、いっぱい学んでたくさんのいい大人たちと関わって楽しい人生を送ってね。悪いのは全部私だから。私のせいであなたが死ぬまで苦しむことになってしまって本当にごめんなさい。

私はあなたのこと大好きです。

大切な大切な息子です。本当に大好きだからね。

結愛へ
ごめんなさいなんて軽々しい言葉ではすまされなくて。
でもごめんなさいという気持ち以上のごめんなさいという気持ちを表現する言葉が、ごめんなさい以外に見つからなくて。

これからも毎日、どうやって結愛に声をかければいいのか探し続けます。許されるならあなたのことを抱きしめたいです。自分勝手ってわかってる。だけど誰になんて言われてもママは結愛のこと大好きだよ。本当に大好き。

さあ、結愛ちゃん。そろそろお空に行く準備を始めよう。

もちろんママも一緒だよ。みんなにバイバイのあいさつしたらママのところに戻ってきてね。一緒に行こう。

これが最後のチャンスだと思った。この夢を終わらせたい。

毎晩毎晩布団に入って結愛とやりたかったこと、結愛を抱っこしているところを妄想しているうちに眠ってしまう。朝、目覚めるとまたいつもの症状に襲われる。息をしている自分に腹が立ち、自分の太ももを叩く。自分を叩いたって何も解決しない、そんなことは嫌というほどわかっている。

それでも自分への怒りや恨みは、自分の体に傷がないと証明されないように思った。傷が深ければ、多ければ、ひどければひどいほど、安心する。傷が消えるとまた不安になる。心の傷は傷のうちに入らない。心は誰にも見せられないから。傷ついている証明ができないから。

私の大切な人は深く深く傷ついた。だから私も深く深く傷つきたい。自己満足だとはわかってる。「傷つかないこと」は私にとって「傷つくこと」。体を傷つけると心が癒やされる。体と心を傷つけるには「死」しかない。でも死ぬことが「楽」ということも知っている。

今の私は死ぬのが正解か、生きるのが正解か。死ぬのにも生きるのにも理由は必要ないかもしれないが、理由がないと死んではいけないような気がする。もう少し生死について考えてみるのもいいかもしれない。

これって逃げになるのか。自分を正当化して、いろんなことを都合のいいように考えようとしているだけではないのか。

だけど、どうせ生きるなら、どうせ死ぬなら少しでも誰かにとって有益となるものを残したり、作り出したい。今からでも結愛を……は、もうすべて手遅れだ。今、何よりも一番大切なことは家族を守るために決断することだ。結愛のいない家族――でも息子がいる。息子のために、私は何を決断できるのか。

第5章

生きて償う

令和へ

5月1日（水）

平成が終わった。新しい時代なんて大嫌いだ。

6月19日（水）

死との戦いはまだ続いている。

体の異変は、次第に起こらなくなっていた。そのかわり、抜毛《ばつもう》がまた始まった。1本抜き出すと止まらない。これまで何度も抜毛してきたが、その時はなんとか自力で止めることができていた。

今回は止められない。頭頂部が薄くなっていると注意を受けた。それでも止められない。髪の毛なんて別にもう必要ない。どうせ「最低の母」だ。「ハゲている」と言われたって、なんていうことはない。

6月13日（木）　白川精神科医の診断

白川先生は私に診断名をつけた。私は、ＰＴＳＤ（心的外傷後ストレス傷害）で解離性障害だったという。[*1] 私は、彼に洗脳されていたとも言われた。先生は、私の体に起こった、自分でも不思議なこともきちんと説明してくれた。体が動かなかったこと、涙がザーッと流れてくるのに、でも動けない。それはちゃんと医学的に説明がつくという。

自分でも説明できないようなことがたくさん起こっていたと知って、びっくりした。そうだったのか、と思うと同時に、「病気のせいにしてはいけないよ」とも思う。結愛を守れなかったのは自分だから、病気を理由にしては不公平だと思った。

ＰＴＳＤとか解離性障害とか、結愛からすればそんなの関係ない。どんな状況でも子供を守らないといけなかった。だから、素直に先生の言うことを認められなかった。何か言い訳しているみたいで嫌だった。

先生にも、違う、１００％私が悪いと言い続けた。しかし、先生は、丁寧に説明してくれた。こんな状態は自分だけじゃなくて、同じような感じにみんななると言われた。こうなったら一人で抜け出すのは難しいのだという。

だけどそこまでひどくなる、もっとずっと前に防げたかもしれない。だから結愛を守れなかったのは、私の知識不足や早め早めに対処できなかったこと、まわりの人との関係がうまく築けなかったせいだろう。

様々な理由はあるけど、元をただせばすべて私のせいだ。だからどうしたら結愛を守れただろうか、と一つ一つ解明していきたい。

どうして助けてと言えなかったのだろうか、たった一言なのに。助けてと言おうとしたら声が出なくなるのは何が原因だったんだろう。

先生は、意見書を書くというより、私を治療してくれていた。先生はこの遮蔽《しゃへい》板が邪魔と思っていた。あなたには治療が必要、と遮蔽板の向こうからスーッと手が伸びてくるようだった。

＊1　白川美也子氏の診断が反映された意見書については、巻末に収録。

遺書は捨てた

7月19日（金）

現実感をとり戻してきた。

まだ結愛の死を受け入れたわけではない。だけど自分が今いるところや自分の身に起こっていたこと、今自分が置かれている立場や状況は、死後の世界でも夢でもなく現実ということがわかってきた。

現実というのはおそらく、あの人と出会う4年前に私がいた世界と同じ世界だということなんだろう。精神科医の先生と弁護士先生のおかげだ。この方たちが現実に私をひき戻してくれたのだ。これでよかったのかどうか……。夢のままの方がまだ結愛と会える可能性が高かったかもしれない。現実に戻ってきたところでいいことなんて一つもないのに。結愛に対してどのような責任をとらなくてはいけないのか。事の重大さを認識し始めてきた。

　4月に作った遺書は捨てた。弁護士先生に今までのことをすべて話す決断をした。

　本気で死ぬことを考えて何度も何度も死のうとしたこと。先生は涙を流してくれた。この1年間、死のうとしていたこと、辛かったこと、自分の本音、自分の思ったこと、感じたこと。ずっと誰にも言わずに黙ってきた。話しても無駄だと思っていたから。

　この先生は他の人とは違った。この先生に相談すれば私にとって正しい方法で必ず助けてくれる。この先生以外に相談すれば私にとって間違った方法で助けようとしてくる。同じ助けてくれるにしても全然ちがう。

　私は本気で死にたかったから助けは求めたくなかった。少しでも私の異変に気づかれたくなかった。必死に仮面をかぶっていた。だけど先生は私が死にたいと思っていたことに気づいていたみたいだ。だからこそ私はここまで生きてこられたんだと思う。

　先生の私に対する扱いは本当に慎重だった。私が話をする時はいつも瞳の奥を見つめられて少し怖かった。何か心まで見透かされそうで。

　先生に話そうと思ったきっかけは、もうどうにでもなれという、なげやりの気持ちからだった。でも先生に本音が言えて先生との距離が一気にぐっと縮まって少し肩の荷が下りた。

「あなたの荷物は一人で持つには重すぎる。あなたの悲しみや辛さという荷物を私にも持たせて。私は非力だけど、こういう荷物なら持つのは得意なの」と、さらっと笑いながら本気で訴えてくるこの先生にはなんでも話していいんだと、心の鍵はほとんど勝手に外れた。こんな人と出会えたのは初めてだと思った。

犯罪者の私を友達のように対等に扱ってくれて、良いことは認めて、褒めてくれ、間違っていることははっきりと指摘してくれる。お母さんのように愛情をくれ、弁護人として尽くしてくれ守ってくれる。先生と出会えて結愛も私も本当に幸せだ。

もし、先生との出会いがなければと想像するとゾッとする。弁護人として必死に務め、裁判以外の私の心配事にもアドバイスをくれ、時には手を差しのべてくれる。

「私たち最強のコンビだね〜。二人三脚で頑張ろう」と言ってもらった時は本当に嬉しかった。そんな先生が私は大好きだし、結愛もきっと好きなはずだ。

裁判準備

8月5日（月）

弁護士先生が面会に来てくれた。１か月後の裁判の準備を始めるということで、私はやっと現実と向き合わないといけないと思うようになった。現実と向き合うのは怖かった。今でも結愛が死んだことは受け入れてない。でも、結愛が死んだこと以上の恐怖はこの世にない。だから裁判のこともきちんとしないといけない。

　本当はもっと早くから準備をした方がよかったみたいだが、私がきちんと話せるようになるまで待ってくれていたみたいだ。

　先生との面会後とっても疲れた。先生と話してこんなに疲れたことなんてなかった。何も手につかない状態になってしまった。自分が結愛を死なせた。そのことについて、きちんと解明しないといけないと思った。逃げてはいけない。どんな辛い内容でも目を背《そむ》けてはいけない。事件について記憶にないことがあまりにも多い。それでも何度も何度も記憶を呼びさまそうとした。

8月13日（火）

前回の面接から約1週間。3時間話しただけなのに回復に1週間かかった。この日を境にあのころの記憶がほんの少しだけ、少しずつ甦《よみがえ》ってきた。自分の行動、発言を1年1か月ぶりに書類を見て知った。

8月16日（金）裁判資料を読んで（1）

嫌になる。裁判書類をいくつか見ているうちに本当に自分が嫌になる。なぜ私なんかが生きているんだろう。再び死にたい気持ちが強まってきた。どうして、こんなことしたんだろう。鬼母だ。私は生きていてはいけない人間だ。死刑になりたい。なるべきだ。ならないと私自身もまわりのみんなも納得しない。何も悪くない可愛い可愛い結愛の未来も命も奪って、私だけ命があるのはやっぱりおかしい。

私は厳しい＝愛があると思っていた。あの人が結愛にどんどん厳しい要求をしても、あの人は結愛を愛しているから、と思っていた。

あの人も、結愛のため、これからの結愛の生活のために今は苦しくても将来絶対、あのとき頑張ってよかったと思えるはずだ、と言っていた。ここが踏ん張り時だって。やりすぎだとは思ったこともある。でも結愛のためにしてくれているんだと思っていた。そんなふうに思ったのは、あの人が私に繰り返した「自分も辛いけどお前たちと一緒に生活するために必要なんだ」という言葉を信じていたこともあるけど、私自身も、学生のころの部活での経験があったからかもしれない。

部活では厳しい指導をしてくれる。中学校も高校も指導者は厳しかった。だけどそこには愛があった。うまくなるためには厳しい指導は当たり前だと思っていた。

一方で、家に帰ると優しいお父さんとお母さんが待っている。私は両親から怒られた記憶がない。それどころかお父さんとお母さんから暴言すら聞いたこともない。

怒られるということは期待されているということ。何も言われなくなったらおしまいだということを部活を通して学んでいたから、少し戸惑ったこともあったが、両親に怒られたかったというわけではなかった。家族のために二人ともまじめに仕事をして、いつもどんな時も子供優先の二人。家事は分担して頑張り屋さんの二人だった。

しかし、あの人が私の両親をバカにして、私みたいなバカができたのは、両親が私をしつけなかったからだと言われた。やっぱりそうだったのかなと思ってしまった。

部活の指導のように厳しく子育てをしなければだめなんだと思い込んでしまった。

弁護士先生は、あなたは両親を彼にバカにされて、彼にそう思い込まされただけ、と言ってくれるけど、私も彼に導かれたいと思ったし、部活のことを思えばこのくらい厳しくしなければと思ったことも確かだ。大切な人を抱きしめるだけでよかったのに、いつから抱きしめることができなくなってしまったのだろう。

彼は、「結愛はなんでも自分でできる、外国では子供は自分の部屋で寝て、お風呂も一人、着替えも一人でできる。だから構いすぎだ、手を出すな」と言った。

赤ちゃん言葉も禁止されて、彼の前だと結愛に対してもギクシャクするようになっていた。でも、ＤＶや精神的な症状のせいにするのはよくないよね。私がもっと知識を身につけていたら、私がこういう私でなかったら、あなたが死ぬことはなかったのだから。


「愛」……かわいがり、いつくしむ・その価値を認めて大切に思う。辞書にはこう書いてあった。私は結愛のことを「愛していた」と胸をはって言えるのだろうか。

結愛が４歳になるまでは、二人だけで生活していた時は、誰にも文句は言わせないし、言われないだろうというほど愛していた。それは確かだ。4歳からの2年間、あの人と出会ってからの2年間はどうだろう。

あの子は、私の人生に欠かせない存在だった。それは今日までずっと変わっていない。だけど私が結愛のためと思ってやってきたことは母親として絶対に許されることではない。それは私が結愛のことを「愛していなかった」ということになるのだろうか。あの人のせい？　あの人と結婚したせい？　選んだのは私だ。

部活のことを思えば、なんて思った私がバカみたい。家であんなに両親に優しくしてもらったから頑張れたんだ。家は部活と違う。間違えたのは彼と私。でも、私の心の底にはいつも結愛を愛しているという気持ちがあった。私は誰になんと言われても結愛のことを愛していたと、声に出して叫びたい。

私は弁護士の先生に、「私たち家族の中で起こったひどい記録を読んでも、それでも先生は、私が結愛を愛していた、って信じてくれますか」と聞いた。

先生は、私がまだ生まれる前の事件[*2]の話をしてくれた。強い兵士になりたくて、こなしきれない課題を与えられ、お互いを殴り合って、鍛え合っていたつもりが、次々に死んでいった話。彼らは信じ合っていたし、憎み合っていたわけではないらしい。

正しいと思うことのために頑張り過ぎて、仲間が死んでいくことを誰も止められなくなってしまったという。頑張り屋さんたちの閉ざされた世界では、愛していても起きること。だから、私が結愛を愛していたことは疑わないと言ってくれた。

8月19日（月）　裁判資料を読んで（2）

　ついに彼の調書を読んだ。まだ結愛の体の傷の記録は見れない。でもおかしい。何か違う。彼は本当のことを言っていない。それに全部ではない。どうしたの。黙秘か。裁判では本当のことを言うのかな。

　調べで刑事からもっと怖いことを聞かされた。お風呂場の話もそう。でもそれだけじゃない。足の裏にやけどのような、タバコの火を押しつけたような丸い傷があったという。

　彼はタバコ吸うよねって。背中にも大きな傷があるって。知りません。本当に知りません。彼に聞いてください。一体何をしたんですか、彼に聞いてください。彼は結愛を愛してなんかいなかった。結愛が憎かったのだろうか。そんなはずはない。あんなに結愛のため、結愛のためって毎日言っていたのだから。だけど、彼は本当のことを言ってないし、黙ってる。ずるい！

検察が提出した病院のカルテにも目を通した。不眠、イライラ、めまい、熱、車酔いしたみたいな感じが続いている、と書かれてあった。

「8歳上なのでお説教みたいなことはある。私がアホやから、わかりやすく説明してくれる」「説教はめちゃくちゃ長い。話を聞くのは苦痛。正論しか言われないから仕方ないと思っている」「理詰めで聞かれてしんどい」「ぶっちゃけ自分もしんどい」「土曜日の午前中、子供を連れて家を出ないといけないが、それがすごいストレス。自分の方が夜も授乳で眠れないのに、と思ってしまう。が、夫には言えない。夫は仕事をして疲れているし、自分は専業主婦だからと思ってしまう」……

他にもたくさんカルテには書かれていた。自分がこんなにも病院の先生たちにSOSを出していたんだと初めて知った。だが、結局誰も救われることはなかった。

私が自分の辛さばかり訴えたからだろうか。あのとき私は、結愛を守るためにはまず自分がしっかりしないと、という気持ちだった。この思いが間違いだったということだろうか。私は母親失格だ。

＊2　筆者を担当する大谷恭子弁護士は、かつて連合赤軍事件の永田洋子の弁護人だった。

生きててごめんなさい

8月23日(金)

今日は弁護士先生が香川県に行った。

私はお父さんのことを思い出す。高校生の時、反抗期だった私はよくお父さんに「うるさい、気持ち悪い」などと汚い言葉を放っていた。ムードメーカー的な陽気なお父さんはテレビを見ながら、ブツブツ何かを言ったりすることがよくある。みんなに笑ってほしいのかわからないが、当時の私には耐えられずキレた。

私がキレるとお父さんは笑う。笑って、私には理解不能な言葉をゴニョゴニョと言うのだ。私はお父さんの対応に呆れる。お父さんに直接悪口を言ってもお父さんは笑う。だから私にそれ以上何かをしゃべる気力が失せてお父さんと喧嘩にならなければ、悪い雰囲気になることもない。

ある日私は「どうしてお父さんは悪口言われているのに怒らないの?」と聞いた。お父さんは「自分のことを言われていると思っていなければ腹は立たない」と笑った。

この人すごいなと思った。私もお父さんのように陽気で真面目で地域の行事にも積極的に参加して、なんでも一生懸命で、スポーツ大好きで自分のことより人のことを思う優しい人だったら、結愛を死なせることもなかっただろう。本当に悔しい。

親族みんなには私のせいで、これからずっと生き辛くさせてしまうことになって、みんな結愛を大切に育ててくれたのに、結愛のこともみんなのことも深く傷つけてしまった。取り返しのつかないことをしてしまった。本当に申し訳なかったではすまされない。

みんなに対する罪の償い方がまだわからない。何をしても償いきれない。

結愛を守るためのお手本となる人は、お父さんに限らず私の近くにたくさんいたのに。家族のことを信じることができなかった。だから結愛を死なせた。

私が家族の誰かに助けを求めていたら――みんな結愛を心配してくれていたのに、裏切って傷つけてしまった。

私は生きてても死んでもどっちを取っても親族からすれば迷惑。私が生きてることは爆弾を抱えているのと同じ。死んだら私の大切な残された息子を押しつけることになってしまう。

私はどうしたらいいですか？

親族の皆さまへ。生きててごめんなさい。死んでもごめんなさい。


息子のことを考える。

息子は来月で3歳になる。3歳だと一番やんちゃな時期かな？

息子はどんな声をしているんだろう？ 人から話を聞いただけでは足りない、わからない。どんな面白いことをしているんだろうか。結愛に似ているんだろうか。私はこれからも息子の成長を見守ってもいいんだろうか？ 息子に関わってもいいんだろうか。許されることならいつか息子に会いたい。でも私が息子と少しでも関わることで息子の成長の妨げになるのでは、と思ってしまう。私が生きているということだけで息子を傷つけてしまうかもしれない。

だけど、こんな犯罪者の私でも息子がいつか私のことを必要とする時がくるかもしれない。もしかしたら私にしか息子を救ってあげることができない状況がくるかもしれない。もしかして私だけが与えることができる愛情があるかもしれない。

　生きていれば息子に迷惑がかかるかも。しかし私が生きていた方がいいこともあるかもしれない。死んだら息子をこれ以上傷つけることはなくなるかも。どっちの道が息子にとって一番いい道でしょうか？　誰か教えてください。息子のためならなんでもします。

息子へ。生きててごめんなさい。死んでもごめんなさい。

結愛のことを考える。

「結愛ちゃんは賢い子だから大丈夫だよ」と慰められたことが何回もある。でもどんなに賢い子でも寂しいものは寂しいもんだよね。私が結愛の立場だったら確かにお母さんには生きてもらいたいと思う。

だけど寂しいよね。抱きしめてほしいよね。我慢なんてできないよね。結愛もそうなんじゃないかな？　結愛は大丈夫ってみんな言うけど、それは生きてる人の勝手な解釈だよね。もちろん私も母として、結愛が賢いことや心の優しい子ってことは知っているよ。結愛が生きられなかった分、私が命を粗末にすることは許されない。

天国があるならば、結愛はきっと大丈夫だと思う。だってみんなに愛されている子だから。私は毎日、神様や天国にいる人たちに、結愛を見守ってあげてください。時には手も差し伸べてやってくださいってお祈りするよ。

生きて償うことを、結愛はどう思う？

私は自分の命よりも結愛の命の方が、比べものにならないくらいに私にとっては大切だと思っている。だから結愛にこんなひどいことして、本当にどうしていいかわからない。

結愛、私の心の中で生きるのは嫌かな？　私には死ぬことと生きること、どっちを選べばいいのかわからなくなってる。どっちを選んでも間違いだと思うから。

だったら、自分勝手かもしれないけど、私は結愛と二人で一人になって、生きていきたい、と思うようになってきた。体は私でも心は結愛だよ。結愛の魂が私の体の中で生きていて、結愛が言いたいことを私の体を通じて言うの。そんなことできないかな。そんなこと私ができると思っちゃいけないのかな。

私が死ねば、結愛のことを一番覚えている人が死んでしまって、今度こそ本当の本当に結愛を殺すことになってしまう。結愛が生き続ける最後のチャンスを私がつぶすことになる。この考えも間違っているのかな？

結愛へ。生きててごめんなさい。死んでもごめんなさい。


結愛のことを想ってくださるすべての方に。

結愛と関わってくださったたくさんの人や、結愛のことを想ってくださっている方々のことも傷つけてしまって、本当に申し訳ありません。

私は母親として絶対にしてはいけないことをしました。

私には謝ることしかできません。ただ謝ることしかできません。

生きててごめんなさい。死んでもごめんなさい。ごめんなさいしか言えなくてごめんなさい。

ごめんなさい。ごめんなさい。ごめんなさい。ごめんなさい。ごめんなさい。

外の世界へ

8月26日（月）

明日はいよいよ施設から外の世界に出なくてはいけない日だ。[*3]

1年ぶりに。私は裁判の日に外に出る覚悟しかしていなかったので、この日の外出は想定外だった。しかし数日前に裁判所から出頭してくださいとの通知がきたので行かなくてはいけない。私は逮捕されてから外の世界が怖くて仕方がない。

平日は毎日、運動時間を設けてくれているのだが、それすらも怖くて行けない。もう1年も運動らしい運動をしていない。施設の職員さん以外の人間、私を治療してくれる先生たち、弁護士先生以外とは会うのが怖い。

外に出る覚悟は何日かでできるものではない。外で歩いている人みんなが私のことを見て笑ったり、怒ったりしているのではないかと思う。襲いかかってくるのではと心配になる。

その半面、私のことを殴って蹴ってボロボロにしてほしいという願いもある。明日は裁判ではないがきちんと出頭しなくてはいけない。外に出る覚悟は間に合いそうにないか……。

私はまた自分を死後の世界に飛ばすか、自分を自分と認めない、自分は自分ではないんだと言い聞かせようと思った。無の状態になれば大丈夫と自分に言い聞かせる。

結愛が死んだという事実を受け入れること以上に怖いものなんて、この世に存在しない。だから大丈夫。

8月27日（火）
昨日ほとんど眠れなかった。バスに乗る。バスが動く。外の風景を見る。何も感じなかった。すごいともすごくないとも「へぇ～」とも特に何も思わなかった。帰りのバスでも同じ。
拘置所に戻って自分の部屋に入ると一気に頭が痛くなった。目をつぶるとまぶたの裏に今日見た光景がばぁーっと映る。1年ぶりの外は私には情報量が多すぎて処理しきれていなかった。
頭がずっと、ごちゃごちゃしている。パソコンに訳のわからない数字や英語や記号が、ぱーっと流れているみたいな感じだ。私の頭の中には機械が搭載されてたのか、と思うくらい頭の中は機械みたいだった。今日も眠れないだろう。

8月31日（土）裁判を控えて

今日で8月は終わりだ。私は拘置所にきてからいろんな人から手紙をもらった。その中でも記者の方やテレビ関係者からの手紙を、もう一度読み直してみたくなった。途中で手紙受け取り拒否にしていたため、送ってもらったのに戻ってきてしまったという方には申し訳ないと思ったが、体調不良のためそうするしかなかったのです。本当は批判の声もすべて聞きたかった。手紙の内容は様々だった。すさまじく批判してきた記者もいれば、記事にするために私にどうにかコンタクトを取ろうとしている方もいれば、結愛と私に寄り添ってくださる方もいた。

私は感情表現が苦手で、勘違いされることがよくある。

悪く言われるのはもう慣れっこだ。悪く言われるというより本当に私が悪いのだから。でも、皆さまからの批判を受け止めなくてはいけないと思ったのは、罪を償うということを本気で考えるようになってから。罪を償うために絶対に必要なことは自分の悪いところ、ダメなところを知って、弱い自分を受け入れることだ。

今回の一番の原因は、私自身、自分のことを何もわかっていなかったからだと思う。私が自分の性格はこうで、こういう状況の時こうする人間だとか、もっともっと自分に必要なことを知っていれば、こんなことになっていなかったと思う。

私は今まで弱い自分に目を背けていた。どこかで弱いという認識があり、だから頑張って、頑張って、だけどこの頑張りが間違っていると気づいていなかった。自分の本当の弱い部分を知っていなかったからだ。自分の悪い部分を知って、それらを受け入れ、改善していく。

弱いところを受け入れるということは怖いことだと思う。

私は自分のやったことに対して少しでも償いたい。だから罪を償っていくためのスタートラインに立つために、まずは自分の弱さを解明し、受け入れたいと思う。

逮捕されて多くの大人の人たちとめぐり会い、たくさん学ばせてもらって、救っていただいて本当に言葉では表せないくらいな感謝の気持ちでいっぱいです。

これで結愛が生きていたらなぁ。結愛の死が教えてくれたことを大切にしたい気持ちはあるが、結愛の死がなければわからなかったのか、と自分への怒りの気持ちが抑えられなくなる。

私は結愛に教えてあげたこと、愛情を与えるなど、結愛が「ママが結愛のママでよかった」と言えるようなことを一つでもできただろうか。

私は結愛のために必死だったけど、結愛からすればそうではなかった。私は結愛が私の娘でとっても嬉しかった。でも、結愛には最大の不幸だっただろう。私の娘になってしまったことを本当に謝りたい。謝っても許されることではないが謝りたい。

最近、感情表現が戻ってきたのは、弁護士先生や精神科医の先生たちのおかげでもあるが、一番は結愛のおかげだ。結愛が私の感情を取り戻してくれた。今まで私は自分に感情があること自体わからない時があった。

泣くな、怒るな、騒ぐな、へらへらするな、ふてくされるな、愛想よくしろ、楽しくないならもう何もしてやらないぞ、少しできたくらいで喜ぶな。

あの人からは、そう言われてきた。じゃあどんな顔してどんな態度をとればいいんだろうかと考え続けた。その結果、相手に調子を合わすか、真顔でいることがいいと学んだ。

真顔だと怒られる日もあったりする。だから私は素直に心で思ったことを表面に出すことが難しいし、してはいけないことだと思うようになっていた。

みんなとの関わりのおかげで悲しい時は泣いてもいいし、相手の調子にわざわざ合わす必要はないということがわかるようになって、できるようにもなってきた。泣くことは恥ずかしいことだと怒られ続けたが、それも恥ずかしいことではないとわかった。

だけど、喜ぶことと楽しむことは許されないと思う。

娘を死なせた私は喜んではいけないし、楽しんでもいけない。結愛はできないから。「あなたには未来がある」と手紙に書いてくれる人もいたが、私には未来はあってはいけない。結愛には未来がないのだから。

8月に入って徐々に感情を取り戻してきた。あっ私、いま悲しくて泣いている、涙が出てる、とわかってきた。でも、ラジオから流れてくる話や漫画を読んだ時、クスッと笑ってしまうと自分にとても腹が立つ。「お前が犯した罪の重さをちゃんと理解しているのか」と。

弁護士先生や支援してくれる人や記者の方の中でも、私に対して怒りの感情をぶつけてこないのはどうしてだろう、と思う時がある。拘置所の職員さんでも、いくら仕事とはいえ私がやったことを考えると、雑に扱われて当然だと思うのに、丁寧に慎重に対応してくれる。私は逮捕された時からずっととまどっていた。厳しくされないと私が悪いことをして反省しているという証拠にならないのではないか、と不安になる。私を傷つけてもらわないと不安。

私が見られないネットにはたくさん嫌なことが書かれているのだろう。私のことをネットに書いても傷つくのは私の家族だけ。私のことをネットに書いて喜ぶのは書いた人自身の心だけ。ネットにあるたった一言が、私の家族にとっては鋭い刃物となって心をえぐり取ることになる。

私は、これからは私の家族を第一に守りたい。もう絶対、大切な者、守るべき者を見失いたくない。

自分自身いい意味でなげやりになってきた。「もうどうにでもなれ」と自分の思いを少しだけ話す。そうするとスッキリした気持ちになり、また話したいと思うようになった。私の話を聞いて弁護士先生とカウンセラーの先生は涙してくれた。

とってもとってもきれいな涙で、温かく愛があり気持ちがダイレクトに伝わってくる涙をはじめて見た時、私も泣いた。あっ、この人たちの前では泣いてもいいんだって思えた。だから私は本来の自分を取り戻せるようになってきたし、感情表現も少しは素直にできるようになった。と言ってもまだまだ気持ちと反対の態度や発言をすることばかりだ。

一度恐怖心を抱いてしまったものを克服するには、時間も体力も必要。一生直らないかもしれない。でも、私の心に結愛は生きている、結愛と一緒に生きるって決めてから、少し力がついてきたように思う。

＊3　事件は裁判員裁判のため公判前整理手続きで、争点や証拠の整理をする。被告人は必ずしも出頭を義務づけられていないが、本件は裁判所が公判が始まる前に被告人（筆者）の状況を確認するために出頭を要請した。

第6章

裁き

初公判

9月3日（火）　第一回公判　救急隊の証言を聞いて

遂に初公判を迎えた。

救急隊の方の「たんたんと」、この言葉が耳から離れない。[*1] どうやら私は、心臓マッサージを「たんたんと」していたみたいだ。「普通の人は帰ってこいと叫ぶのに」と言っていた。

普通とはなんだろう。心臓マッサージは叫びながらやらないといけないのだろうか。私は心の中で「結愛、お願いだから、お願いだから助かって」と叫び、指先に気持ちを込めて必死にマッサージした。

あとは救急隊の人にまかすしかない。私がいくら叫んだって暴れたって、私にしてあげられることはお祈りするだけだ。「ボー然としてた」って私からすれば当たり前の反応だ。

だって目の前に横たわった結愛の心臓にＡＥＤのパッドをつけて、その後に機械が

「〇〇する必要はありません」って言ったんだよ。何かをする必要がないということは、心臓はまだ動いてるってこと？　それとも、もう手遅れってこと？　私は混乱していたと思う。あの時、また魂半分がどこかに行っちゃったから。彼には騒いでも無駄だと教え込まれていたから、それが当たり前だった。

誰かに母子手帳の準備をしてと言われてハッとなって、やっと身動きがとれた。私のせいでこうなったとはいえ、こういう状況になるとパニックになってしまうのが私の中で普通なんだけど、これは普通の人にとって異常なのだろうか。

「一生懸命さは？」と裁判長さんに聞かれて、言葉を濁《にご》していましたね。

あなたには私が母親として必死というよりは、人間としての義務をただ果たしていたというように見えましたか。人間としての義務すら果たせていないと思いましたか。

でも、みなさんのことも傷つけてしまったことを本当に申し訳ないと思っています。

結愛のために必死に助けようとしてくださって本当にありがとうございました。

9月4日（水）　第二回公判　品川児相の証言を聞いて

品川児相には裁判前からずっと謝りたかった。[*2]私の児童相談所への間違ったイメージによって追い返してしまったこと、本当に申し訳ありませんでした。

香川の児相職員との関係がうまくいっていなくて、児相とは家庭をぐちゃぐちゃにする組織だと思っていた私が悪かったのです。裁判での「お母さんも助けてあげたかった、家族みんな。助けてあげたかった」という発言を聞いて、私があなたときちんと関係を結べていたら、結愛は助かったと思い、心から後悔しました。

香川で結愛が１回目の保護を受けた時から、結愛の身の安全を確保することを一番に考えました。だけど保護するだけでは何も変わりませんよね。一番変えないといけないのは、両親や加害者の方だから。

加害者には加害者になる原因がある。それを改善しないことにはいくら子供だけ保護したって意味ありませんよね。

結愛の２回目の保護の時、施設の方に「もう４か月も保護しているので。一般的には２か月くらいなんです。早めに家に戻せるように」と言われました。香川の児相には「一般的には」「普通の家庭は」と他と比べられて、何かマニュアル通りに進められている気がしました。相談しても「そうですか」と言うだけで解決策をくれずにとても困りました。だからあなたのような人ときちんと関わっていれば、とても悔しくなりました。

追い返して嫌な気持ちにさせてしまったことは、本当に申し訳ありませんでした。私のせいで品川児相さんにはずいぶんご迷惑をおかけしてしまったことは本当に反省しています。全部全部私のせいです。

証言であの一言を聞いた時、はじめて私と同じ気持ちの人を見つけたと思いました。子供と親の距離を置いただけでは何の解決にもなりませんよね？　子供だけ助けようと必死にせまられたら親の拒否度は増して危険も増すだけですよね？

あなたのように「家族みんなを助けたい」の一言でこれから救われる命はたくさん増えると思います。

本当にごめんなさい。

9月4日（水）　香川児相の証言を聞いて

弁護士先生にお願いして香川児相の職員への質問に「母と良好な関係を築けていたと思いますか？」という項目を入れてもらった。返事は「良好な関係を築けていたと思う」だった。

私はびっくりした。良好な関係が築けていると思っているのなら、なぜ私は児相からの支援を排除したと言われているのだろう。私が児相に、東京の住所を教えなかったのには理由がある。

結愛のことでお世話になってから、あなたは私の相談にアドバイスをくれましたか？　私はたくさん相談しました。でも「様子を見ましょう」「そうなんですか」ばっかり。保健師を紹介してもらったことは感謝します。

あなたは私が愛情のない母親に見えましたか？　あなたは子供の命を守ることと親の指導をすることが児相の仕事だと調書に書いていました。では伺いますが、親の指導をしてくれましたか？

私は家庭の環境をどうにかしようと必死でした。だから思いついたことはなんでもやりました。結愛のストレスがたまらないために、どうしたら毎日楽しく過ごせるか、どんな遊びをしたら結愛は喜ぶだろうか。私みたいにならないように元気いっぱい、お友達いっぱいの子になるには私は何をしてあげたらいいのだろうか。

毎日暇ができれば携帯で調べました。そのことを毎回報告していましたよね？　図書館に行ってる、公園に行ってる、お菓子作りを一緒にしている、オセロをして遊ぶ。

結愛への心配事もいっぱいいっぱい相談しましたよね？

私があなたにだんだん相談しなくなったのは、解決策を一緒に考えてくれなかったからです。家庭訪問や面談の時いつもあなたは私の目ではなく、ノートばかり見ていました。私の発言をノートに記入することがあの時、一番大切だったことですか。

もちろん児相にも限界があるかもしれない。相談に乗って心身になることは無理なことかもしれない。

だけど「そうですよね」って私が考えたことに同調していたのはあなたたちですよ？ あなたが教えてくれたことはちゃんと聞いて、守っていたつもりです。私、どこを間違えましたか？

ほとんど何もしてくれなかったあなたが引っ越しの時だけ必死にせまってきて、私は嫌になって拒否しました。[*3]「調べればわかりますよね？」（18年1月4日）と私が聞いたとき「わかりますよ」と言いましたよね。だったらもう私を追い込まないで、と思ってしまったんです。

母親としてしなくてはいけないことを、私は当時、私なりに必死にやった。母親として当たり前のことすらしていなかったかのように言われて、とても残念です。

結愛に対してあっさりしていた、子供に興味がないのかと思ったとあなたは調書で証言していました。

私の結愛に対する対応がおかしいと思っていたのなら、なぜおかしい、と言ってくれなかったのですか？　いつもお家《うち》をきれいにしてすごいですね、と褒めてくれたじゃないですか。どうして私が混乱することばっかりするの……。

言うまでもないことですが、今回の事件の責任はすべて母親である私の責任です。だけど、あなたは、結愛ではなく組織を守っているように思える。検事さんに守ってもらっている。

私はあなたたちと一緒に結愛を守りたかった。

私が全部悪いのに、こんなこと言うのは間違っていますね。

裁判は私を裁く場、だから裁判は裁判のやり方があって、あれがすべてではない。あの時どうすれば結愛は助かったのかとか、何が悪かったんだろうとか、お互いに改善できることはたくさんあったと思う。

今後はまわりに批判されるのが怖いとかそういう気持ちは捨てて、どうすればよかったかということに関して本当の気持ちを聞きたいし、話し合いたい。もう二度と結愛のような子を出したくないって、本気で思っているから。

＊1 保護責任者遺棄致死罪に問われた筆者の初公判。この日、現場に駆けつけた救急隊が証人尋問に立ち「優里被告は、慌てることなくたんたんと（結愛ちゃんへの）心臓マッサージをしていた」「優里被告は、心臓マッサージを（救急隊に）交代すると、結愛ちゃんの弟を抱え茫然として立っていた」と語った。

＊2 第二回公判では、香川時代に担当した児相職員と品川の児相職員が出廷。18年2月に自宅アパートを訪ねた品川の児相職員は「児相が関わると結愛が不安定になるから会わせたくない」と筆者から言われ、結愛ちゃんとの面会を拒まれたと証言した。

＊3 このあと香川県の児相は、要観察対象児童の移管に伴う全国ルールに従わず、転居前に児童福祉司（児相で虐待対応にあたる専門職）の指導措置を解除してしまった。指導措置が継続していれば、そのまま東京都の児相に移管されたはずだが、関係は作り直しになった。詳細は杉山春氏の２２６頁からの解説参照。

「反省してほしい」

9月5日（木）　第三回公判　医療センターの先生の話を聞いて

忙しい中、結愛のために足を運んでいただき、香川にいる時も結愛のこと大切にしてくださって、本当にありがとうございました。

先生が、結愛の代弁者としてきたと言ってくれたのは本当に嬉しかった。私は被害者の母親と加害者の二つの顔を持っている。だから結愛の母親として結愛を守りにきてくれたことに感謝していた。加害者の私は被害者の母親の悲しみを知っているから、加害者としても私は強く非難されるべきだと思っていた。結愛を守ってくれる人が多ければ多いほど結愛の母親として嬉しいことであり、加害者としては自分がしたことをきちんと受け入れないといけないと思った。

結愛のための発言だと思い、しっかり受け止めようと思った。結愛のためなら本当のことをきちんと言ってくれると思った。でも、話を聞けば聞くほど気分が沈んだ。

一番強く印象に残ったのは「結愛ちゃんはお母さんのことを大好きだったのに」

——これを強調していた。じゃあ私は結愛のこと大好きには見えませんでしたか？

病院の先生は、私がハグできないのは個性と言いました。昔の私と、結愛が大好き大好きって、くっついていた時のことも知らずに。私はなんで結愛とハグできなくなったのか理由がわからず、戸惑いと辛さと戦っていました。この時、私がはっきりと「昔はハグできていたのに」と話すことができていたら結愛を救えたのでしょうか？

先生は私が病院に通っていたことへの説明で「病院に行けば、結愛ちゃんが診療中とかアートセラピー（粘土工作やお絵描き）の時、母が一人になって楽になるんだと思う」「1〜2時間話して私と話した後は前向きになって」と言っていた。

私からすると大きな病院のため、予約しているとはいえ1時間以上待つこともあってストレスもあった。先生の記憶と一致しないことばかりだ。まず、病院に行くことは、当時鬱《うつ》気味だった私からすれば、真夏に子供二人連れて、荷物を持っての徒歩ですから、かなり労力を要しました。

病院に行っても合間に授乳したり、たまに子供二人を関係者の人が見てくれても楽になることはなかったです。病院という場にいる限り一人になっても何も変わらない。

2回目の保護解除後1か月で再び結愛の太ももにアザが発見された（17年9月13日）。

この12日後、私は「パパと結愛の関係がぎくしゃくしてどうしたらいいのかわからない」というメモを医師に提出した。それから8日後、保護下にあった結愛は「家に帰りたくない」とSOSを出していたという。

この時のことを児相も病院も、裁判では「（法律や制度に基づいて）やれることはやったが3度目の保護には繋がらなかった」と説明していた。私のメモも、結愛の必死の訴えも、現行の行政の仕組みのもとでは消されてしまうということか。

先生は私とそこそこ関係を築けていたと思っているようだが、私の印象とは違う。先生が証拠として出したカルテには、はっきり「夫から支配されている」と書いてある。でも、先生は裁判で、私と夫の「パワーバランスが悪い」と答えた。少しずつずらしている。私は先生のことが怖いと思った。

どうであろうと結局私のせいで結愛が死んだわけであって責任のなすりつけ合いをするのは違うし、すべて私の責任だから。私の責任だからこそ何かに恐れず本当の気持ちを言ってほしかった。

最後に先生は言った。

「罪を軽くしてほしいとは思わない。子供を守れたのは母親、反省してほしい」

結愛の代弁者としては当然かもしれない。でも今頃になってこんなことを言うなんて、という思いも残っている。私はもう人間を信じられなくなった。何があってももう誰も信じない、と強く思ってしまった。

香川にいた時に治療していないと無理だったと思う。第三者の手がないとどうにもならない状態は、香川の時にすでに起きていた。何度も言うが、これは責任のなすりつけ合いではなく、責任は母親である私にある。

しかし被害者の母としての私が、香川で防げた（結愛を助けられた）と思う場面はたくさんあったし、なぜ手を出してくれなかったの、と聞きたくなってしまう。

香川の児相も病院も私も、もっとやらなくてはいけないことがたくさんあったはずだ。率直に言えば、みんな事態を重く受け止めていなかったと感じた。「様子を見ましょう、様子を見ましょう」。どこでもいつでもそうだった。

「母親が病院に来なくなる恐れがあるので黙っておこう[*4]」。確かにそうした事態が起こる可能性は充分にあった。では母親に言うタイミングはいつなんだろう。子供が一瞬のうちに、虐待で死ぬこともある。ある日突然ということもある。死んでからでは遅いし、様子を見ているうちに手遅れということもある。

私は、病院や児相が結愛のためにしてくれたこと、考えてくれたこと、たくさん会議をしていたことなどを、何も知らされていなかった。彼らが何度も会議をしてくれたことに対しては頭が下がる思いだ。だからこそ、病院や児相がやってきた「様子見」が、母親のためと言われていることに納得がいかなかった。

私に報告したくらいで、何の解決にもならないかもしれない。もしかしたら児相や病院の想像通り、母親が拒絶するかもしれない。でもとりあえずやってみてその後また考えて、また実行する。そうしてくれないと様子見だけでは、もうどうにもならないのです。実行してから考えて、また実行するまでの間隔は短く、できるだけ短く。じゃないと何も変わらない。

こんなこと言えば批判が殺到するかもしれないが「様子見」と「放置」は私にとって同じようなものだ。そう感じざるを得ない対応をされたとも思っている。

裁判は私に対しての罰を決める場だから、行政をとやかく言うのは筋違いということはわかっている。だが、私は悲しかった。そして結愛もきっと悲しんでいるだろう。

＊4　医師は、結愛ちゃんのアザを見つけており、それを児相に伝え、一時保護をお願いしていた。だが、児相は、「母親を刺激し連絡が取れなくなったら困る」と考え、筆者には何も伝えなかったという。

みんなの証言を聞いて

裁判中、「たんたんと」という言葉が何回か出てきたが、改めて言葉や態度や考え方は複雑だと思った。私にはそのつもりがなくても、まわりの人から見れば私の心とは真逆の印象を常に与えていたみたいだ。

私と同じ経験をしている人はたくさんいると思う。そういう人たちはどうするんだろう。何を思っているんだろう。私は中学校の時に「途中で話がいきなり変わるからびっくりする」「ちょっと変わってるね」と言われたことがある。

小学校の時は話しかけられた時に「えっ？」と大きな声で聞き返してしまう癖を指摘されたことがある。どうでもいいことかもしれないけど、言われた私とすれば深く深く考え込んでしまう。

誰に対してかわからないが、とにかく「ごめんなさい」といつも思っていた。「近寄らないでくださいオーラが出てる」と言われたこともある。だから高校生になってもみんなに嫌な気持ちを与えないように、なるべく静かに生活を送った。

もちろん人見知りや話題がないからということも関係する。部活をしていなかったら完全に孤立していたと思う。人と話す経験が少なすぎて、コミュニケーション能力もない。素直に感情表現ができて表現力に富んでいる人には本当に憧れる。

「冷めてるね」「真顔怖いよ」「怒ってるの？」と言われたこともあって、自分のことが本当に大嫌いだ。

今回も「たんたんと」とか「他人事のよう」と言われるのは本当に辛い。顔の表情で決めつけられるなら、のっぺらぼうでいい。態度で決めつけられるならロボットのように機械でいい。口調で決めつけられるなら口を縫《ぬ》ってくれていい。

否定的な言葉を投げられると、慣れたと言いながらやっぱりどこかで心が泣いている。でも心が泣いているからって表情に出して泣いてしまうと、もう歯止めがきかないくらい辛く苦しくなってしまう。だから、このくらいなんでもないよ、慣れたと笑ってやり過ごしてきた。

私はどうしたらよかったんだろうっていつも思う。みんなの要求通り表情、態度、口調を作るなんて私には難しい。私はまともな普通な人間じゃないとでもいうのか。

「おかしいんじゃないの？」と言われたこともたくさんあった。そうかもしれない。

10人中9人の人が笑う。じゃあ残りの笑わなかった一人はおかしい人？　その人は心では大爆笑しているかもしれないし、もっとすごい別の視点から物事をとらえている天才かもしれない。

私はバカだから相手の要求になんでも応えようとした。だから迷子になって結果全部を失って、自分でも何を失ったのかわからなくなっちゃった。現実感を取り戻していろいろ学んだ今、また逆にどうすればいいかわからなくなっている。

昔そうだったように、自分に嘘をついてまでまともと言われているような人に合わす必要はないだろう。だけどまともな人に合わさないと、またおかしなことになっちゃうかも。まわりなんて気にする必要ないと思うんだけど、今までの複雑な経験のせいで、どうすればいいか、またわからなくなっている。

良《い》い加減ということが、気がつけばできなくなっている。私がロボットだったらどんなによかっただろうか。感情表現についての指摘にはとっても敏感になってしまう。

だって今までそれで怒られ、呆れられ、バカにされてきたから。

誰か教えてくれませんか？　私はただどんな時もいつも何に対しても、素直でありたいだけなんです。正直でありたい。私の態度や口調で誰のことも傷つけたくないし、嫌な気持ちにさせたくない。

もうこれ以上私の犠牲者になる人が増えないように、できることがあるならやりたい。でも私は一人では生きていけないから。

生きるって難しいなぁって思う。人間ってなんだろうね。

離婚したら

9月5日（木）　第3回公判　検事からの質問

香川時代の病院でのカルテに「息子は離婚したらたぶん夫が引き取ることになるだろうけど、それはそれで仕方ないと思ってしまう。ただ、世間体もあるし、夫の人脈とか頼りがいがあるし、自分を守ってくれていることもあり離れられない」という私の言葉があった。

検察は、この部分を指摘しながら、「あなたは自分の利益のために離婚したくなかったのでは？」と質問した。これには驚いてしまった。

この箇所は、直前の文に「離婚した方が楽なんかなというのは考えることもある」（17年9月25日）と書かれていた。つまりは離婚したいという私の思いを綴《つづ》っている箇所なのに、私が離婚を避けているような文脈で、質問が練られていたことに関しては、呆れてしまった。

医療センターから香川児相への経過報告（17年10月3日）には「父の支配下から抜

けられない様子。それでも、母は父と別れることを考えるなど、父の支配下から抜けようとする兆《きざ》しも見られる」とあった。

私はこれを見た時、私が支配されていると知っていたのならなぜ教えてくれなかったのかと、悔しい気持ちになった。

支配されている時は支配されていることはわかんないよ。それを私に指摘してくれなかったのも、結局「母のため」ということだろうか。

病院も児相も私が支配されていたことを共有していたのだ。だから裁判でのあの人たちの発言には驚かされるばかりだった。

離婚の話を持ちだしたのも私だ。それより前にも後にも、離婚に対しての後押しやアドバイスをもらったことすらないと思う。支配されている人が自分一人の力で簡単にどうにかできる問題ではない。第三者の手がないとどうにもならない。

私は、刑事と弁護士と精神科の先生に言われてやっと気づいた。離婚したいのにできない本当の理由が私にはわかっていなかった。それは支配の構造だ。私はあの人に支配されていたのだろう。

あの人に離婚をお願いした時、結愛を助けるために施設に結愛を預けようと提案した時[*5]、彼は世間体を気にした。もちろん私も世間体をまったく気にしなかったわけではない。だけど病院や児相は、世間体を気にしている場合ではないと怒ってくれても、アドバイスをくれてもよかったのにと思ってしまう。

彼は人脈のことを常に自慢してきた。「自分にはこんなすごい友達、知人がたくさんいるんだ」とよく言っていた。

「お前は離婚したら、どうせ前の夫のところに戻ってバカみたいな生活を送るんだろ。俺にはわかる。みえみえなんだよ。お前は離婚したら一人では何もできない。シングルマザーだった時のお金やその他の大変さは、体験しているんだからよく知っているだろ」

人のせいにするのはよくないことかもしれないが、こう言われ続けたせいでカルテに書かれているような発言をしたのかもしれない。結愛の実父も地元での人脈はすごく、頼りがいがあり守ってくれる人だった。二人の性格は似ている部分が多かった。

ほとんど同じ条件の結婚で、離婚できた、できなかったの差は説教があったかどうかの差じゃないのかなと思う。

「自分の利益のために」と検事が口にした時、その顔が楽しんでいるように見えてしまった。まあそれが検事の仕事なんだから仕方ないが。たくさんの証拠が残されている中で、検察と弁護側でまったく別のストーリーができあがっているから不思議だ。これも結愛を守るためなら真摯《しんし》に受け止めるべきか。だが私にはこの質問が一番傷ついた。それは、私が本当に支配されていたという証拠だからなのかもしれない。児相にいたっては離婚の話など触れもしてくれなかった。

　これで私と良好な関係を築けていたと本気で思っているのだろうか。医療センターから児相への報告を見れば、なぜ離婚できなかったのかの答えは一目瞭然だと思うが。

　次に検事は私の性格について聞いた。

私が調書に自分の性格を「短気」「まわりに同調しやすい」と書いてあることを指摘してきた。当たり前だ。病院の先生が私のことを自己肯定感が低いと言っていた。私は学生の時から真顔なのに「怒ってるの？」とよく聞かれた。ずっと言われてたから私は短気なのかなと思い込んでいた。短気というよりは感情のコントロールが苦手だったかな。短気というのはまあどちらでもいい。

「まわりに同調しやすい」というのは、自分の意思か警察の人に誘導されて言ったのか覚えていない。取り調べは警察でも検察でも同じような質問をされる。刑事が作った調書を読んで検事が調書を作るからだ。警察での発言と検察での発言に違いが出ると「嘘つき」と思われるから同じように答えた。

「嘘つき」と言われることには敏感だ。「嘘つき」だと彼にずっと怒られてきたから。そこでやっと気づいた。私は小学校と中学校の時は、思ったことをズバズバ言った。まわりに合わすのは面倒くさいと思ったりもしていた。一方で協調性を大事にしようとも思っていた。

結愛の実父は、いつも私のことをバカにしていた。俺の言うことは絶対だというように、ＮＯと言わせてくれない人だった。

離婚後に何度もお金を要求されて「嫌だ」と言うと、電話でキレられたこともあった。私には脅されている感覚だった。

私が自分で「まわりに同調しやすい」と自ら発言したとすれば、男から脅されて、強く言われて、私も反論したり抵抗したりはするけど結局は丸め込まれた過去が深く関わっていると思う。

これ以上はめんどうに巻き込まれたくないという思いからＯＫしてしまう。それが

「まわりに同調しやすい」と私が思っていたことだった。たった一言の言葉でもとらえ方によっては全然異なるから、日本語の使い方は本当に難しい。

＊5　2度目の一時保護の時、結愛ちゃんは施設で元気よく過ごしていた。児相職員から、しばらく施設に預けることも提案された。当初、夫婦は入所も検討したというが、そのために負担金が必要なことを知ると、雄大は一転、拒むようになったという。

三つの嘘

9月5日（木）　第三回公判　裁判官の質問

裁判中に何度も飛びかったのが「どうして？」「なぜ？」「なんで？」という言葉だった。私はこの言葉を聞くと頭の中が真っ暗になる。あの人からいつもそうやって責められていたから。トラウマというやつだ。

何かミスをした時、質問責めにあう。どうしてこんなミスしたの？　なぜ同じミスするの？　答えたくてもすぐに答えられない。私自身ももどかしくなる。少し黙っていると「黙るな」と怒られる。だからすぐに答えよう、何かしゃべらないとという気持ちになってちょっとだけ嘘をついたりしてしまう。追い詰められるほどごまかしてしまう。

裁判中にも質問された時「どうして？」と聞かれ思考回路が一時停止してしまうけど、黙っていたら怒られると思い、急いで答えて事実と少し違うことを話したことが三つありました。

一つ目は、「結愛に朝あげていた食事はどれくらいの量か」という質問。

裁判長が「例えば？」と訊《き》くので、私はみんながわかりやすいだろうと思い、板チョコに置き換えて答えた。板チョコをご飯がわりに1枚あげたことはない。板チョコは1枚約２８０キロカロリーである。量＝カロリーだと思って、朝、お菓子をあげる時は、平均これくらいをあげていましたよ、と私は伝えたかった。だけど板チョコを結愛にあげているように伝わってしまった。

実際はカロリーメイト2本で２００キロカロリーの日もあれば、ガトーショコラ一切れの時もあったり、菓子パン４００キロカロリー分くらいの日もあった。

二つ目は、「週何回くらい朝ご飯をあげていましたか」という質問。

私には週何回くらいという質問が苦手ですごく難しい。私は週4回くらいと答えた。後から落ち着いて考えてみると2月中に記憶のない期間がいくつかあって、週何回かは答えられない。週4回と言ったことは嘘をついたことになる。

三つ目は裁判長さんから「お風呂はどうしてた？」と聞かれた時。どう答えたかは覚えていないが、私は適当なことを言っていたみたいだ。

だが、弁護士先生に後で指摘されて落ち着いて考えた。結愛が4時ごろに入って私と息子が7時ごろに入っていたこと、私がお風呂を洗ってお湯をためたことは覚えている。でも結愛が毎日お風呂に入っていたか、自分が毎日お風呂に入っていたのか、それはわからない。お風呂については、大体と言われてもほとんど覚えていない。どうしてだろう。「いつもしていることでしょ」と言われるとますます混乱した。

裁判長が首を傾げたので、怒られるのではないかとびくびくしてしまった。裁判長の欲している答えではなかったんだと思い、「ごめんなさい」という気持ちでいっぱいになった。

というわけで私は三つも裁判中に嘘をついた。

勘違い、間違いであったとしても嘘をついたと見なされるのが、彼の前では当たり前だった。嘘をつくつもりがなくても発言したことが少しでも間違っていたら、それは嘘をついたことになって追及される。

私は早く答えないと、とパニックになり、正確な記憶でないのに答えてしまう。嘘つき呼ばわりされて当然だ。嘘つきにならないように気をつけてしゃべっているつもりだけど、うまくいかない。

もう一度嘘つき罪で逮捕されたいと思った。そうすればもっと自分が嘘つきを意識して、もしかしたら直るかもしれないと思った。もちろん積極的に嘘をついているつもりはないので悔しい。結愛もそうやって彼に責められていた。

だから当初は言い返していた。私たちは忘れやすい性格で、ましてや結愛は子供だ。勘違い、間違いは嘘ではない。何度も何度も歯向かった。

だが、相手は甲冑《かっちゅう》を身に着けている。そこからは透明で極細で鋭く尖った針が外側に向いて隙間なく埋め込まれている。そんなものがついているとも知らずに私は生身のままタックルしに行く。一瞬のうちに血だらけだ。でも何日かたてば治る。そうするとまたぶつかりに行く。だんだん治るスピードも遅くなり、傷の上からさらに傷がつく。いろんなところに傷がつく。

そうやって私はバカみたいに、自分が傷つくことで、毎日、結愛を守っているんだという身勝手なイメージのもと、結愛を守った気でいたのだ。

「体を張って止めたことが一度でもありますか？」

9月6日（金） 第四回公判 裁判員の質問

「あなたは体を張って止めたことが一度でもありますか？」

裁判員の質問に、私は思わず声が「ゔっ」と出そうになるのをこらえた。悔しかった。本当に悔しかった。この質問に、堂々と「はい」と答えられなかった。

私は口も体も動かない。私の体に不思議なことが起きていた。どうしてわかってくれないの、という自分勝手な思いからの悔しさだったかもしれない。あの場で「体を張って止めたことは一度もありません」と言うのは、あまりに屈辱的だった。そのセリフを言うなら全裸で町を歩きまわる方が、比べものにならないくらいましだと思ったくらい。

だけどこの質問に嘘をつくわけにもいかない。止めようとしたら今よりもっとひどい状態になるからできなかった、なんて言い訳も間違っていると思った。だから「ありません」と答えた。私は一種の辱《はずかし》めを受けていると感じた。

この気持ちは同じことを体験した人にしかわからない。たしかに私は体を張って娘が暴行されたのを止めたことはない。言い訳させてもらうなら、体が動かないから。そんなことを母親として言い訳してはいけない。だけど本当のことを言わなくてはいけない。自分を守るような発言は言い訳だと教えられた。

私の場合、私の体験したことは自分を守るような発言になってしまうものばかりだけど、本当のことなのだ。でもそれは言い訳に分類されるから、いつまでたっても本当のことを言えないでいる。だから私はあの人にこう言われた、ああ言われたと今回の裁判で言いたくなかった。だってそれは本当の話だけど言い訳に聞こえるから。

あの人から「言い訳するな」と言われ続け、本当のことが話せないようになって、話してはいけないと思うようになった。何が言い訳に当たるのかきちんと考えてから話せないと、たったの一言が3時間の辛い説教の時間へと化けるのだ。

「逃げて連れ戻された経験はありますか？」

私はまず自分のまわりからじわじわと避難場所を奪われた。まずは私の実家。彼は私の実家に行くことをとても嫌う。息子が生まれる前、3人で実家に行くたびに彼はぶつぶつ文句を言った。「お前の家族はだめだ。自由と放置は違う。お前はいつまで親のスネをかじっているんだ。結愛も好き放題してこのままではダメになる」と。

実家に行っただけなのに。お金をもらいに行くわけではない。じいじ、ばあばが大好きな結愛のために行っていて、数回行った後、実家に行くなと怒られるようになった。「実家に行けば結愛が、わやになる」と。

こうなる以前にすでに彼は私の親のことをバカにした。

「親があんなだから、お前たちみたいなきょうだいが生まれたんだ。まともなのはお姉ちゃんくらいだ。親があんなだからお前みたいなバカ娘が生まれたんだ」

彼は私の大好きな家族をバカにする。私は耐えられなかった。私の家族がいかにバカで効率の悪いことばかりしているかを教え込まれた。それでもたまには実家に行く機会を与えてもらったが、必ず彼同伴だ。勝手に結愛と息子と実家へ帰ったのがばれると、長時間苦しい説教が待っているだろう。

私は結愛を守りきれなくなるどころか、私のせいで彼を怒らせて、私のせいで結愛が被害を受けるだろう。そして、私が一番取り乱してしまうだろう。

そう想像するようになったのは、彼同伴の時に、結愛や私が少しでも彼の気に障る行動（お菓子を食べたりとか）をとっていれば、実家から自分の家に帰るまでの10分間はずっと説教だ。それから、部屋に入って説教の続きか、車を降ろしてもらえず1〜2時間ずっと説教が続く。

私は次第に実家を避けるようになる。親族の悪口を言われると最初のうちは反発していたものの、言い返すと説教が長引くと学んでからは我慢するようになった。

気力がない時に親族の悪口を言われると「そうだよなぁ、確かに彼の言うとおりだ」という気持ちになる。何より実家に行ってしまうと、結愛への説教が増えるのではと怖かった。私が実家に帰ると彼が追いかけてきて、私の親族をバカにした発言を投げたりして迷惑をかけるのではと思った。

実家に近寄らないことが、結愛と私の親族を守る方法だと思った。

次に私の友達をバカにした。私は友達が少なく頼れる人といっても県内にほとんどいない。私が友達と遊んで帰ってきて友達との会話を話すと「バカじゃないのか」と私の友達をバカにする。だから友達の話は彼にしないようになっていた。少し話しただけで2時間の説教に変わる。いつの間にか説教に移っている。

気がつけば私は体力と気力が奪われている。自滅だ。友達と遊ぶのも内緒にする日を作ったり、だんだん友達に会うことが憂鬱《ゆううつ》になってくる。だって楽しかった友達との遊びは、説教の種になる可能性が99パーセントあるんだから。

友達に迷惑をかけられない。私が友達のところに逃げても、私も友達も一瞬にして粉々に心を砕かれるだろうと思った。わざわざ友達まで巻き込んではいけない。私がどうにかしないと。私も限界だった。逃げられない。「全国いろんなところに自分の友達がいる」と彼は私に何度も言った。探偵を使ってでも探りあてられる。「浮気したらどうする？」という私の問いに「殺す」と言ってきた人だ。「殺す」なんて言葉、当時の私は汚い言葉だと避けてきた言葉だ。そんなセリフ、びっくりするよ。

私が自殺すれば、この状況は終わると思ったこともある。しかし私が死んだ後じいじとばあばが引きとるはずの結愛を、もし父として責任を持って育てると彼が言い出したらうちの両親は勝てるのだろうか。そう思ったら怖くなった。

選択肢が少なすぎる。追いつめられると状況を打破する考えが何も浮かばなくなる。というか考えるという部分がストライキを起こす。いや、自分が考えるという行為ができるということがわからない、知らないと言った方がいいか。

追いつめられるとパニックを起こしてしまう自分が大嫌いだ。どうして落ち着いて行動や判断ができないのだろう。

　昔、結愛の実父と過ごしていた時は、嫌なことを言われて家出をした。知り合いの人を頼って結愛と二人で逃げだした。

　今回どんなに嫌で苦しくて辛くて、結愛も被害を受けていたのに逃げられなかったのは、やっぱりここでも「説教」が関係していると思う。「離婚して」「もう嫌だ」――私が何を言っても、彼はこう返す。

「苦しいことから逃げるな」「簡単に離婚という言葉を口に出すな」「嫌なことがあったらすぐ逃げるくせをやめろ」「今頑張って今辛い思いをたくさんしたら後が楽になる、幸せになれる」「みんなもっと頑張っている」「今までさぼってバカみたいに遊んできた分、ちゃんとやれ」「必死さが足りない」「ちょっと頑張ったくらいで調子に乗るな。所詮《しょせん》マイナス１００の人間なんだから」「逃げずに考えろ」「あきらめるな」「できないって最初から決めつけるな。できないって口に出す前にまずやってみろ」「逃げるな。逃げるな。逃げるな。逃げるな」……。

　もう気がおかしくなるほど言われた。

「私、逃げてない。いつも必死にバカなりに考えているのに。何が悪いんだろう」といつも悔しい気持ちだった。気力がない時は彼の発言が正しいと思っていた。

「まわりの母親たちはもっと頑張っている。だから心に余裕があって楽をしているんだ。お前ももっと努力しろ。少し頑張ったくらいで喜んで騒ぐな。はずかしい」と言われた。

どう見ても私も頑張ってるんだけどな、と心の中で思った。その本音を口に出して言おうものならば、２、３時間の説教が待っている。それだけでは終わらない。その説教中の彼の発言を覚えて自分なりに怒られた原因や改善点、謝罪、お礼も考えて携帯か紙にメモしておく。それを翌日携帯のＬＩＮＥで送らなければならない。

明らかにおかしな状態だった。それでも、彼の言うことは正しいと思わされる決定的な瞬間は、香川の精神科の先生の言葉だった。[*6]

家でも外でも絶望感に襲われ、もう何もかも嫌だった。何とか結愛と逃げ出したかったし、結愛を守りたい気持ちでいっぱいだった。でも私には心の余裕がなかった。

＊6　第2章の脚注5参照（71頁）

温かい椅子

9月6日（金）　父の証言を聞いて

父はまず間違った発言をしていた。[*7] 私は部活で中学校の時は副キャプテン、高校の時は何もない。多分お姉ちゃんのことと混じってしまったと思う。お父さんは一生懸命話していた。だから仕方がない。緊張していたんだろう。

お父さんの座った直後に同じ椅子に私が座った。椅子はすごく温かった。小学校の時にソフトバレーボールを一緒にやっていてハイタッチしたり、地震が起きてとても怖かった時にはお姉ちゃんと私を抱きしめて守ったりしてくれた。

そんな温かさを思い出して、お父さんや家族みんなに迷惑をかけて傷つけてしまったこと、お父さんが必死に私を守るために証言台に立ってくれたこと、そのことに胸から温かいものと冷たいものがドッと流れてきた。

お父さんの証言通り、結愛のお葬式がすんでからリビングに簡易仏壇を作って、結愛は私たちとずっと一緒だった。両親が仕事に出た昼は私と、夜はお父さんが結愛と寝ていた。私がその話を弁護士から質問された時、私は胸が張り裂けそうな思いで首を横に振った。「これ以上しゃべれない」という意味だった。そこにすかさず検事が、「今、首を横に振りましたよ」と横やりを入れてきた。[*8]やり方があの人とそっくりだ。こっちのミスやそんなつもりはなく、何かをしてしまった時すかさず口を挟んでくる。嫌味、悪口なんでも言われる。

そんなことよりもお父さんの椅子の温かさを感じ、つい本音が出てしまった。「死にたい……」。次に「助けて」と言ったのは覚えている。その後はきっとまた意味がわからないことを話していたんだろう。だけど証言した後にスッキリした気持ちでいっぱいになった。お父さんの温もりがくれた勇気。何が何だかわからない。

でも、お父さんには本当に感謝しています。背中を押してくれてありがとう。

＊7　筆者が指しているのは、父親が筆者の性格について述べた発言。「優里は、幼いころから几帳面でまじめな子でした。小学校の時は児童会の会長。中学校からソフトボールを始め高校を卒業するまで約6年間やりました。中学校の時には、3年の時にキャプテン、高校の時は副キャプテンをやって、習い事はピアノをしていたことがありました。（略）私も、優里がものすごく苦しんでいたことを、気づいてやれなかったことは、私たち夫婦にとっても、結愛に対して優里と同様、同罪だと思っています」

＊8　検事は、弁護士が「四十九日が終わるまで結愛ちゃんと毎日一緒にいたの?」という質問のタイミングで「首を振った」と言った。「（筆者が）一緒にいなかった」と意思表示したかのように裁判官にアピールした。

判決

9月17日（火）判決

判決は、懲役8年[*9]。裁判長から、重い判決だから、と言われて、「うん？」と首を傾げる。

娘を死なせたんだからどんな刑でも受けます。

だけど弁護士も重いと言う。検事と弁護士の間を取ったような判決結果だという。理由も双方の言い分を取っているそうだ。DVがあることは認めたけど、そんなにひどくはないと。

裁判ではすべての真実を伝えることは難しい。少し話し方を間違うだけで、少し何かが狂うだけで、本当に伝えたかった事実が埋もれてしまう。まったく別のストーリーになっていくようにも思える。

大切なのは私の量刑が重いとか軽いではない。結果ではなく内容だ。裁判長が読み上げた内容をまだよく理解できない……。

9月20日（金）

今日、久しぶりに夢を見た。裁判の時に「あなたは体を張って止めたことが一度でもありますか？」と聞いた人に踏みつけられる夢だ。私はコンクリートの地面に仰向けに寝転がっている。その人が私のお腹をくつをはいた足で、片足で思いっきり踏みつけてきた。コンクリートの上にくるみを置き、片足に全体重をこめて踏みつけ、くるみを割るような感覚だ。私は「うっ」と痛みをこらえた。

痛いというよりはお腹全体に幅広く、にぶく重い圧力を感じた。「結愛ちゃんの痛みはこんなものではなかったんだぞ」と何度も踏まれる。私は謝る。ただひたすら泣きながら謝る。

その人はナイフをどこからか持ってきて再び私の前に現れた。私はその人がナイフを探しているすきに起き上がって、数歩先に玄関があったのでその中に逃げようとしたがつかまった。

その人はどうやら私の目が欲しいみたいだ。私の目をえぐり取りたそうに上半身を少しかがませて、下半身も少し重心を落とし私を狙っている。

私は「両目を失ってでも子供たちを守ってみせる」と叫んだ。そこで目が覚めた。

お腹全体に圧力がかかっているようだった。

仰向けになるのが怖い。裁判の時の屈辱感、羞恥心、悔しい、辛いといった感情が一緒によみがえってくる。お腹もずっと圧迫されている状態だ。

また始まった。リアルな夢。ここ2、3か月はおさまったと思っていたが。

今回はいつまでこの感覚と戦い続けることになるだろうか。でもすべて自分が悪いから仕方ない。

＊9　判決は「懲役8年」（求刑・懲役11年）の実刑判決。裁判長は「夫の暴行を認識しながら結果的に容認し、犯情は重い」としつつ、夫からのＤＶの影響も考慮された。判決を言い渡した後、裁判長は「結愛ちゃんは戻ってこないが、あなたの人生は続く。裁判が終わってもしっかりと考えて、やり直してください」と述べた。

控訴

9月28日（土）　控訴

弁護士先生が面会に来て、「とりあえず控訴しよう」と言った。なぜ、「とりあえず」か。それは、これから私はあの人の裁判に証人に出なければならない。その時に刑が確定してしまうと、弁護士先生とは会えなくなる。すると私を支えきれなくなってしまうと言った。それに、彼が本当に何を言いだすかわからない、彼の量刑もわからない、それらを見てから決めましょう、ということだ。いつもこの先生の言うことは明快だ。反対することはできない。

私から私へ

ねぇ、知ってる？　人間には限界があるんだよ。魔法なんて誰も使えない。本当の人間は弱くてもろくて一人では何もできない生き物なんだよ。

あなたは、自分は誰よりも心の強い人間だと思っていたよね。自分は誰よりも頑張り屋だ、誰よりも我慢強いと思っていたでしょう。違うよ。あなたは弱い人間。自分と向き合うことをせずにここまできたのだから。

弱い自分を受け容れるのがそんなに怖かった？　大切な者を失うよりも怖かった？　知らなかったではすまされません。この世の中はあなた一人の力ではどうにもできないことだらけです。今回のことでもうわかったよね。

あなたはまだ自分一人の手で大切な人を救ってあげられると思ってるのかな。つまらない意地を張ってないで、肩の力を抜いてみなよ。あなたの頑張りも強さも大切な人を幸せにしてあげたいという気持ちも、すべて間違っていたんだよ。だから一番失いたくなかった大切な人、大切な愛を傷つけて亡くしたんだ。

あなたはきっと「どうして自分ばかり不幸な目にあうんだろう」と思っているよね。

あなたは今どんな気持ちでいますか。無力感？　悔しい？　絶望？

あなたが今本当にしなくてはならないことは何ですか。なんでも自分一人でやろうとするから失敗するの。あなたは弱い人間なんだから助けを求めなさい。人に迷惑をかけたならその分のお返しはまた後で考えればいい。

一番大切な子供たちを守れる覚悟はできましたよね？

恐怖の時間

10月2日（水）

恐怖の時間が着々とせまってきている。結愛が死んだことを受け入れること以上の恐怖はこの世にないと、何度も何度も言い聞かす。

10月3日（木）　証人として出廷

ほとんど何も覚えていない。

部屋に帰ってきた私は、まずごめんなさいという気持ちになった。いろんな人に対して。彼、結愛、検事さん、裁判所、弁護士先生、支援してくれていた先生たち。裁判での発言は嘘とかごまかすことなく、きちんと答えられていたらしい。[*10]

ところが、なんと私は、結愛をボロボロにした張本人である彼に土下座して謝ればよかったと後悔した。[*11]だって私がこんな私でなければ、私が体を張って止めていたら、私が逃げていたらこんなことにはなっていなかったから。私のせいで申し訳ないことをしてしまったと思った。私が迷惑かけてしまって、結愛の人生も彼の人生も息子の人生も奪って台無しにしたから。

私は余計なことを言ってしまったのではないかとさえ思った。

私は家族みんなのことを救いたかった。だけど私のせいでそれができなかった。家族みんなに本当に申し訳ない。

止められなかった私が悪いんだから、彼のことを告げ口みたいに言うのはおかしいことだと思った。自分のことは棚に上げて、人のことばかり言って。本当に卑怯だと思った。

「被害者ぶんな。お前だって加害者だろ、許さない」と私の中で声がこだまする。私が生きていると、やっぱり人のことを傷つけてしまう。もっともっと早く死ねるチャンスはいっぱいあったのに。しぶとく生きている自分に本当に腹が立つ。私のせいでどれだけの人が被害にあってきたか。人のことを傷つけてまで生きる意味はあるのか。生きている価値は私にあるのか。

娘の命を犠牲にした母親の命。それってどんな命なんだろう。

10月4日（金）

私は、助けてほしくて弁護士先生に手紙を送った。

「私は最低な人間です。誰か私を殺してくれませんか？　私を殺した人が罪に問われないような方法はありますか？」

大切な大切な娘を傷つけた人。その人に土下座したいと思うなんて、自分が許せない。どこまで結愛を傷つけるんだ。まだ結愛を苦しめるのかって。どうしてこんな考えになるんだろう。もう嫌だ。でも私一人の力ではダメそうだから先生の力を借りる。

先生！　助けて……。

＊10 筆者は刑務官に抱きかかえられながら、出廷。眼には涙も浮かべていた。雄大を見ることのないよう、ついたてが立てられていた。雄大を背にしながら、雄大に支配された結婚生活を振りかえりつつ、最後には、「私一人では結愛も息子も守れないけど、助けてくれる人がいる。もう結愛と息子には近づかないでほしい」と語った。

＊11 雄大からの支配関係は解けつつあったはずなのに、存在を感じてしまうと再びそうした兆候が見られるようになってしまう。こうした心理は白川美也子氏の巻末資料に詳述。

自分のペース

10月8日（火）

忙しい中、弁護士先生が会いに来てくれた。

先生の顔を見ただけで涙が出そうになった。先生は「あなたを抱きしめたい」と言ってくれた。先生のその一言で本当に抱きしめてもらっているかのように、体がじわーっと温かくなった。私は先生からの友情とお母さんみたいな愛情に、魂が戻ってきて生き返った。先生には迷惑かけてしまうばかりで、私が先生にしてあげられることは何もない。だけどいつかきっと、結愛と力を合わせて先生に少しでも恩返しをしたい。先生いつもありがとう。

10月11日（金）

薬が増えた。４か月前まで薬を飲まずに耐えてきたが限界で、４か月の間に四個に増えていった。薬の効果がどれほどのものか私にはわからない。

時間がかかってもいつかはちゃんと薬を飲まなくてもいいように、自分でコントロールできる日がくるように頑張りたいと思う。焦らなくてもいい。薬を飲んでいる自分を恥じなくてもいい。自分のペースで生きていけばいい。

10月14日（月）

今日は結愛が久しぶりに夢に出てきてくれた。

車の中には彼と息子と私と結愛。彼が運転、息子は助手席、そしてなんと私は結愛をひざの上に乗せて、お茶碗に入っていた白いおかゆを食べさせていた。私は結愛をひざの上に乗せて抱きしめて満足だった。

結愛も「このおかゆまずいー」と笑いながら「べぇー」と食べていたものをお茶碗に吐き戻した。二人で目を合わせて笑った。

すると彼が車を停めて結愛を私のひざから引っぱりだして頭を叩いた。私の体は硬直して座ったまま動けない。

私の座っている横のドアは開いていて、その外では結愛が叩かれている。数秒後、私は口だけ開いて話せるようになった。私は彼に「ごめんなさい、ごめんなさい、許してください」とお願いした。

だが結愛は彼に叩かれながら「ママ、ダメ。こんなヤツに謝るな。絶対ダメ」と叫んだ。その結愛を引っぱって私は走っていた。海辺の近くでの出来事だった。走った先には神社があった。赤い鳥居をくぐって賽銭《さいせん》箱の前を横切った時、お父さんがいた。

お父さんの横に並んで私は結愛と手を繋いで3人でゆっくり歩き続ける。お父さんは私に「もう終わりにしなさい」と優しく言ってきた。

たった一言。そこで目が覚める。

結愛とお父さんに、感謝の気持ちと申し訳ない気持ちになった。私のバカみたいな、彼に謝りたいなんてどうしようもない気持ちを結愛が食い止めてくれた。また結愛に助けられた。本当に私はバカだ。お父さんのたった一言もすごく重く感じた。

結愛は私のためにあんなヤツに謝るな、と必死に食い止めてくれた。子供の結愛が体を張って。

今日から私は生まれかわる。どんなに罵倒《ばとう》されてもどんなに苦しくても辛くても、今度こそ絶対子供たちを守る。子供たちを幸せにする。

強くなる。強くなる。私は絶対強くなる。強くなるんだ。

あの人はずるいから

10月17日（木）　彼の判決

彼は懲役13年[*12]だった。きっと弁護士先生はこれじゃ軽いと言うだろうな。先生は、あなたは暴行していない、ＤＶで彼に支配されていたことを考えれば、彼の刑の半分以下じゃないと先生は納得できないって言っていたから。

どのくらいの刑がいいのかは、私もわからない。でも彼は法廷ではきちんと話すのかと思ったら、最後まで本当のことを言ってくれなかった。

いつどこであんなに結愛の体にアザを作ったの？

私を家から追い出して、一体何していたの？

本当に結愛をしつけるつもりだっただけ？

あなたは私も結愛もいじめて楽しんでいたの？

精神科医も記者の人も、あなたは結愛をいじめて快感を持っていたんじゃないかって言ってる。本当ですか？

どうして痩せている方がいいと言ったの？

あなたは結愛を本気でモデルにしようとしたの？

結愛があなたに罰を受ける理由って、何だったの？

外出はご褒美になるから連れて行かない、って言った時、結愛はあなたと一緒だとストレスだから離した方がいいと思ったけど、ご褒美あげちゃいけない理由はなんだったの？

本当はみんな私が彼に聞かなくちゃいけないこと。でも聞けなかった。今なら聞けるかと思ったけど、まだダメだったよ。どうして彼の前だと、ダメになっちゃうのかな。まだまだ私もわからない。

あの人は何一つ本当のことを言っていない。反省しているということは全部本当のことを言ってからだと、私はずっと警察官にも検事さんにも言われてきたよ。あなただってそうでしょ。泣いて謝ったって報道されていたけど、本当のことを言ってくれてないよね。

あの人はずるいから、私を庇うために言わなかったんだって言うかな。いつもいつもみんな私と結愛のためなんだって言ってきた。今度も私と結愛のために秘密にしたんだって言うのかな。

私は、まだ全部のことを思い出せていない。それが本当に恐怖。何か記憶が飛んでる。あんなにいつも毎日結愛といたはずなのに、その時の結愛の顔も、何を言ったのかが飛び飛び。でも私は絶対に暴行してない。

だから１７０か所の傷は全部彼がやったんだよ。そのうちほんの一部だけ話して、後は忘れたなんてひどすぎる。

余計なことを言わなかったもの勝ちか。そんなの私は絶対許さない。

結愛にしつけなんて必要なかったんだと思う。本当にしつけが必要だったのは私たち親だ。結愛は（子供は）賢いから、親のしていることを見て覚えて自然に同じことをしているだけ。親がちゃんと挨拶とか当たり前にしていたら厳しく教える必要なんてなかった。

結愛に「嘘をつかない、適当なことを言わない」と言ったって、私たちができていなかった。自分たちができていないのに子供にやらせるなんて無理に決まっている。

それを暴力暴言を使い、脅したり恐怖で言うことを聞かせるなんてありえないことだ。

私も結愛も「相手の気持ち、俺の気持ちを考えろ」と言われ、必死に考えた。でも一番相手の気持ちを考えていなかったのはあの人だ。

あの人は「自分が失敗した経験と辛さを結愛に味わってほしくない。自分の知っているすべてを教えて幸せにしてあげるんだ」と言っていた。

あの人も自分に自信がなかったんだろうか。

弱い自分を受け入れるのが怖かったのだろうか。

いつまでそうやって逃げるつもりなの？　あなたはまた同じことを繰り返すよ。今度はターゲットをかえて。自分よりもさらに弱い者を見つけて。

私は彼のことも自分のことも一生許さない。

＊12　雄大は最終意見陳述で、「本当に、本当に申し訳ありませんでした」と涙ながらに声を絞り出す場面もあった。東京地裁が下した判決は「懲役13年」（求刑懲役18年）の実刑。裁判長は虐待について、「自らの感情にまかせて行われた理不尽なものだった」と語った。検察と弁護側双方控訴しなかったため、実刑確定。雄大の公判はこれで終了したが、亡くなる直前の様子、とくに170か所のアザの詳細については、「わからない」「覚えていない」と繰り返すなど未解明の部分も多い。

エピローグ

２０１９年10月20日、私はシェイクスピアの「ヴェニスの商人」という本を読んでいた。ちょうど弁護士に自分が書いた日誌を見せようとしていた時期だった。

「小学生の頃だが、矢を一本見失うと、そいつを見つけだすために、同じ方向へもう一本同じような矢を射たものだ。今度はもっとよく注意してね。そんなふうに二本を賭けることによって、二本とも見つかることが多かった」（小津次郎・訳）

私はこのセリフを読んだ瞬間に覚悟を決めた。

事件と向き合うのは怖い。彼にもまだ向き合えていない。何回も見ている証拠もあれば、まだ見られていないものもある。

だけどちゃんと向き合うことができたなら、いつ、どのようにして、何を見失ったかがわかるのではないか、と思う。どうしてこんな結果を招いてしまったのか。それがわかれば、これから自分がどうすべきなのか、答えが見えてくるのではないか、と。

結愛は体を張って、私と息子をあの地獄の日々から救い出してくれた。だったら私も、同じような事件が起きないように、結愛と同じような思いをする子がいなくなるよう、自分の体を張らなければいけない。

あの裁判員の方が言ってくれたことを、今度こそ体を張って守ってみせる。

そのために私はもっと勉強して、きちんと事実を伝えていかなくてはならない。みんなが本気で今回のようなことが起きないようにしたいと思ってくれるなら、やれること、やるべきことはたくさんあるはずだ。

裁判が終わったからすべてが終わりではない。報告書をまとめたからそれで終わりではない。誰が悪いのかという責任のなすりつけ合いをしたいのではない。批判されるのは私一人で十分だ。

子供の命を守る者、加害親の支援者、ＤＶ被害の支援者、加害者自身も含めて、みんなの協力が必要だ。こんな考え、甘いのかもしれない。でも、どうか、大切な命を守るために、情報を共有しあって、どうすればよかったのか、次に何をすべきなのかを、みんなと話し合いたいと切に願う。

事件後、当たり前だが多くの厳しい声を頂いた。一方で、「あなたのことを応援している」という手紙を何枚もらった。とてもありがたいという感謝の気持ちでいっぱいだ。私は傷のなめ合いみたいなことが嫌いだった。仲間なんていらないと思っていた。しかし子供たちを守るためにはたくさんの仲間が必要だと知った。仲間からたくさんのことを学びたいと思った。そしていつか私も、強い母になりたいと思った。

完璧じゃなくていい。時には弱くてもいい。

だけど強く、強く、強く、ありたいと思う。

まだまだ回復までには時間がかかるけど頑張るんだ。一人じゃない。だから頑張れるんだ。だから強くなれる。大丈夫。結愛がいつも私の心の中に、どんな時も私と一緒に生きているから、絶対大丈夫。

絶対絶対、私は結愛の命を無駄にしない。自力では立ち上がれなくなるまで私は進み続ける。残りの人生、子供たちのために尽くす人生にする。

解説

見えないDVと届かないSOS

杉山春（ルポライター）

優里は、小さな部屋の、透明な仕切り板の向こうにグレーのスエットの上下を着て、座っている。黒髪は真ん中で分けてきれいに切りそろえられ、法廷で黒いパンツスーツで座っていた時よりも、少し幼く見える。

「私は無知で、被害者ではなく加害者で……。言い訳に聞こえたら困ります。でも、結愛のことを生かしてあげたい。そんなふうに思って、できるだけ起きたことをお話ししたいと思いました」

頭のてっぺんに、短い髪がツンツンと立っている。逮捕後の精神状態が悪化していた頃、頭頂部の髪を無意識に抜いてしまう症状があったそうだ。その部分の髪が少し伸び始めているのかもしれない。

それにしても、化粧っ気がないので、どこにでもいる、素朴で可愛らしい若いお母さんにしか見えない。

そんな彼女が、なぜ社会を騒がす存在になってしまったのか。

２０１８年３月、東京・目黒区の自宅アパートで５歳の少女、船戸結愛ちゃんが無残な死を遂げた。直接の死因は、肺炎からの感染症である敗血症だ。だが、死亡時の体重は12・２kg。38日前に香川県から上京してきて以来、４kg以上落ちていた。体には１７０か所以上の新旧の傷やアザがあった。

結愛ちゃんは、香川県時代、２度も行政から一時保護されていた。警察当局は虐待死事件として扱い、18年３月に元夫で結愛ちゃんの元養父・船戸雄大を、６月に優里を逮捕した。雄大は保護責任者遺棄致死罪、傷害罪、大麻取締法違反で起訴され、２０１９年10月、懲役13年で刑が確定。母親の優里も、衰弱した娘を病院に連れて行かなかったとして、保護責任者遺棄致死罪で起訴され、9月に懲役8年を下された。本校執筆時点では、控訴中である。

一審判決後、私は優里に計10回面会した。毎回、透明板越しの彼女は、精一杯自分の気持ちを見つめ、事実を正確に語ろうとした。もっとも手記にもあるように逮捕からしばらくの間は、何度も拘置所内で自死を願い、首にズボンを巻き引っ張るなど試みたこともあったという。

この一家に日本中の関心が注がれたのは、わずか5歳の少女、船戸結愛ちゃんが虐待死したという衝撃とともに少女が両親に宛てた「反省文」が遺されたからだろう。

〈もうパパとママにいわれなくてもしっかりと　じぶんからきょうよりか　もっともっとあしたはできるようにするから　もうおねがいゆるして　ゆるしてください　おねがいします　ほんとうにもうおなじことしません　ゆるして（略）これまでどんだけあほみたいにあそんだか　あそぶってあほみたいだから　もうぜったいぜったいやらないからね　わかったね　ぜったいのぜったいおやくそく（略）あしたのあさはきょうみたいにやるんじゃなくて（略）パパとママにみせるぞというきもちでやるぞ　えいえいおー（後略）〉

両親に許しを請う少女の文面は、けなげで痛々しい。このことが報道されると、多くの人々が一家が住んでいたアパートを訪れ、手を合わせた。死の直前の結愛ちゃんは、過酷な生活を強いられていたと報道された。午前4時に自らセットした目覚ましで一人起床。その後、九九や平仮名の練習。食事にも制限が加えられた。朝はスープ1杯、昼はご飯茶碗3分の1、夜はご飯茶碗2分の1。言うことを聞かなければ、それが1日1食となる。

ルールに背くと雄大から執拗《しつよう》な説教があったとされる。それを、優里が半ば黙認していたかのように伝えられた。だが、事実は少し違う。

例えば反省文について、優里は、「逮捕後、（警察から）手紙を見せられて、何これ、って思いました」と語る。

優里に反省文の記憶はなかった。だが、見せられた現物には優里の添削の跡があった。たとえば「つ」を赤ペンで小さい「っ」に直してある。

「それは明らかに私の字ですから言い逃れはしてな

い」と言うが、文面にも思い当たることはあった。香川県時代、優里自身が、雄大から毎日のように長時間の叱責を受けていた。その後毎回、LINEで叱ってくれてありがとうという感謝の言葉とともに反省文を送った。雄大を怒らせると、説教がさらに長くなるため、文面は何度も練り直した。その文章によく似ていたという。

「文章を思い出そうとするうちに、結愛が椅子に座っていて私が右隣に座り、赤ペンを入れていた時のことが、写真のようにパッと浮かびました」

雄大に長時間説教をされた結愛ちゃんを見かね、それ以上叱責されないように、優里が「こう書くと雄大が怒らない」と二人で一緒に書いた可能性があるという。結愛ちゃん独自の文章ではなかった。添削したのは、誤字が新たな説教を呼び起こすからだ。

ちなみに〈あそぶってあほみたい〉という文章は、5歳児には不自然な表現として話題になったが、もとは優里自身の反省文の一節だと思われる。結婚前、結愛ちゃんと隣町の動物園に行くなど自由に過ごしていたことを雄大に咎《とが》められ、謝ったという。

また、書き込まれた〈わかったね〉という言葉は雄大の口癖だった。反省文からは、結愛ちゃんへの虐待とともに、優里と雄大の歪《いびつ》な夫婦関係も見えてくる。

「彼と結婚した後、私、ものすごく頑張りました。これ以上、頑張れないくらい」

本文にもあるように、優里の最初の夫は、地元・香川での中学時代からの部活仲間だった。12年に2人とも19歳で結愛ちゃんを授かると同時に結婚。だが、経済問題などから14年に離婚した。その後、シングルマザーとなって水商売に勤め、ボーイとして働いていた雄大と出会う。8歳年上の雄大は物知りで、人脈が豊富。優しかった。しかも丁寧に優里の話を聞いて、間違いを指摘してくれた。

「前の夫にお金をせびられたり、いろいろなことを頼まれたりするたびに、何とかしてあげようとする私に、それは男に利用されているのだと説明してくれたのは、彼でした」

雄大は、結愛ちゃんをかわいがった。結愛ちゃんも懐いていた。雄大は、保育園への送り迎えにも一緒につきあってくれた。結婚を考え始めた時には、結愛ちゃんをどんなふうにしつけようかと将来を話し合った。

そして妊娠。16年4月に結婚した。

すると「生まれてくる赤ちゃんのためにもしっかりしつけろ」と、急に結愛ちゃんへのしつけを厳しく求めてくるようになった。同年9月、夫婦は長男をもうけた。雄大は実子の息子をかわいがる一方、結愛ちゃんにはさらに厳しくなった。

11月、結愛ちゃんのお腹を、雄大がサッカーボールのように、蹴り上げた。そばにいた優里には、何が起きたのかわからなかった。その瞬間を手記では、〈心をおおっているものにひびが入り、ガラガラと音を立てて崩れ落ちた。（略）腰を抜かしたような感じで立ち上がれず、どれくらい時間が経ったろうか、ようやく泣きながら「やめて」と叫べた〉と述べている。

大量の涙が溢れ、かろうじて「やめて」と言えた。すると、雄大は「お前が泣いている意味がわからない。結愛が悪いんだ、直さなくちゃいけない」と、延々説教が始まったという。

この年の12月と翌17年3月に2度、結愛ちゃんは一時保護された。

1度目の保護では、雄大は体罰を認めたが、2度目の保護では認めなかった。それぞれ結愛ちゃんは家に帰され、雄大は12月に不起訴になった。

17年12月、まず雄大が仕事探しのため東京に転居。年明けの1月、優里は二人の子を連れて、合流した。そして悲劇は起きた。

事件を検証していく上で、誰しも思うのは、2度も一時保護されていたのに、なぜ行政や警察は、結愛ちゃんを救えなかったのか、という点だろう。その疑問は、当然、転居するまで児童相談所や医療センターに関わっていた優里にも向けられている。実は、そのこと自体が、本人にとっても知りたいことだ。

起きたことに向き合うことは、何よりも勇気を必要とする。今、この時点で精一杯勇敢に、自らの言葉で振り返ったのが、本書だ。詳細は本文に譲るとして、ここでは第三者たる取材者の眼から、少し整理しようと思う。

まず優里は私への手紙にこう書いている。

〈何度も何度も出したＳＯＳ。助けてと素直にそのたった一言が言えなかった。私が悪いのかもしれない〉

なぜ、最後の一言「助けて」が言えなかったのか。

何よりもまず、優里がＤＶにより、夫の支配下にあったからだと考えることは妥当だ。ただし、優里本人も当時は気づいていなかった。

　優里は公判前、二人の専門家から治療を受けて、少しずつＤＶについて学んでいった。当初、治療を担当したＮＰＯ法人女性ネットＳａｙａ－Ｓａｙａの代表理事・松本和子は言う。

「初めてお会いした時、私が雄大を批判的に言うと、優里さんは私の方が悪いんです。そんなふうにさせたのは私なんですと返ってきた。雄大と自分との間に境界線が引けていないと感じました」

　この時、優里は、自分自身が毎日何時間も雄大に説教をされて、結愛ちゃんの反省文と同じような文章を、毎日ＬＩＮＥに書いていたと話した。

「彼の思い通りに謝らないと、許してもらえなかった。どう謝ったらいいのか、答えを見つけるのが大変だったとおっしゃったので、それがまさにＤＶなんだとお話ししました。そうしたら、『私が最初に女性相談を受けた時、あなたは殴られたり、蹴られたりしていないので、ＤＶではないと言われて、諦めた』とおっしゃった。香川県時代にＤＶの視点からの支援を受けていなかったことは、とても残念だと思いました」

　続いて精神科医の白川美也子が担当し、優里が、ＤＶに起因するＰＴＳＤと解離性障害を発症していると診断した。この診断については、本書巻末の「意見書」に詳しいので、ぜひ、ご覧になっていただきたい。

　多くのＰＴＳＤやトラウマの治療を手掛けてきた経験を踏まえた白川の「意見書」は、ＤＶや虐待など、家庭内の親密な関係の中で起きる暴力が個人にどのような影響を及ぼすのか、を客観的に指し示してくれるように思う。つまり、優里の内面がどのような状況にあったかが見えてくる。

　家庭の中の弱い立場の者の被害＝苦しみを明らかにするには、当事者が生活している共同体＝家族の理論とは異なる、外部からの客観的な視点が必要だ。私たちは精神医学や心理学の発達により、その最先端の知見を用いれば、暴力や差別の下で、人がどのような影響を被るのか、ある精度を持って理解できるようになった。

　その知見は、私たちに暴力や差別を防ぐことの重要性を伝えてくれる。また、その理論を使うことで、治療も可能になる。

　当事者は治療に際して、その理論を学ぶために「心理教育」を受けることが必要になる。さらに、人は他者の支配やコントロール下にある時、自分自身の感覚や感情を閉ざしている。痛みを感じてしまえば、支配やコントロールはより辛くなるからだ。当事者は、「心理教育」を受けて支配やコントロール、つまり暴力の理論を学びつつ、自分自身の感覚や感情を実感していく必要がある。

ＤＶの治療は、そのように進められていく。

優里が、娘を助けることができなかったのは、その内面で起きていたことを感じ取れなくなっていたことと関連があるのではないか。白川医師の意見書は一つの論理的な見方を提供してくれる。

優里自身は当初の生活をこう振り返っている。

「つきあい始めた時に雄大とけんかをして、けんかが長いなと思う時はありました。後半はほとんどが私への説教。口答えすると、おれを納得させるだけの説明をしろ、と余計に長くなる。でも、教えてもらっている関係だと思っていたから。たんに私がバカなだけだと思っていたんですよ。結婚当初によく、結愛の将来について熱弁を振るっていた。とにかく結愛を幸せにする。おれのようになってほしくない、と。説教が長いのをがまんすれば結愛を幸せにしてくれるのかなと思っていました」

ＤＶは殴る蹴るの暴力だけではない。支配とコントロールがその本質だ。

優里自身が受けていた身体的な圧力は鼻をつまむ、顎を揺する、耳を摑む、頭を押さえるといったものだ。軽微ではないが、犯罪行為とまでは言えない。

一方、雄大が押し付けた価値観は凄まじいものだった。優里はことあるごとにバカと言われ、太った女性は醜いと言われ（優里は雄大の前では食事ができなくなる）、すでに述べたように、子どものしつけができないと2時間も3時間も説教をされた。

「おれのようになってほしくない」という雄大の言葉から読み取れるのが、彼の自己肯定感の低さだ。雄大の公判では、雄大の両親が不仲であったこと、中学時代の部活でいじめに近いような体験をしていること。雄大自身が大学を卒業した後、就職した会社に不適応を起こしつつ、8年間勤務したことが明かされた。

最後の2年間は、札幌に異動し、毎朝嘔吐をしながら通勤していた。退職後、札幌の繁華街、すすきのに勤務をし、さらに香川県高松市のキャバクラに転職した。この時、「絶望していた」と雄大は語っている。かつて、男性たちは、就職し、家庭を持って一人前だった。だが、就労状況が流動化するなかで、正規雇用を得られない人たちが増えていく。格差社会が広がる。

雄大は、一旦は大手企業への就職を果たしながら、その地位を剝奪された。「剝奪された男たち」の一人だ。「お前には価値がない」というスティグマ（烙印）を抱えていたのではないか。

無力感に苛《さいな》まれた男だったことは間違いない。その中で、彼は高松のキャバクラで優里と出会う。

「笑顔のあふれた幸せな家庭」を作ることが彼のアイデンティティを支えることとなった。だが、思い通りにならない養女の結愛ちゃんに怒りを爆発させ、次第に思い通りにならない家族を無理矢理コントロールする方向に向かっていった。優里は、その雄大に対して、願いを実現させることを大切にする、ケアテイカー（アダルトチルドレンのタイプの一つで「世話役」）となり、境界線を失なっていく。雄大と対等の立場で、彼の持つ偏った価値観を揺さぶり、変えさせることができなくなっていくのだ。

抑圧によって閉ざされた夫婦関係に、行政はどこまで対応が可能だったのか。

実は、最初の一時保護の時点で、優里に対するDVが発見される可能性はあった。

この日、結愛ちゃんは、雄大によりパジャマ姿で家の外に出された。アザやコブがあり、唇が切れていた。通報により、警察官が駆けつける。

この時、結愛ちゃんは、「ママも叩かれている」と言った。

一方優里も、結愛ちゃんが一時保護所に連れて行かれることを知り、自分も連れていってほしいと頼んだ。

暗がりの警察車両の中で女性警察官は優里の顔だけを見たという。そして、アザや傷がなければ、DVではないと説明した。つまり優里に関しては「被害なし」と判断された。

警察と連携した児童相談所の担当者も、市の女性相談の担当者に話を繋げたものの、ここでも優里にアザのあるなしが、DVの有無の判断の根拠となった。つまり、行政側には精神的DVに関する適切な知識がなかったのだ。

私は拘置所で、このとき児相からどんな指導があったのかを聞いてみた。優里によれば、「夫婦揃って面接を受け、紙を渡された。それはチェックシートのついた、振り返り用紙の形式になっていた」という。どういう家庭にしていきたいか。どこがダメだったから保護されたのか、といった項目が並び、父と母の長所や短所を書く欄があった。優里は、この時は虐待を隠すつもりはなかった。

「用紙を何枚か書いて提出しましたけれど、その一つ一つのことで、さらに質問が入ったり、指導が入ったりすることはありませんでした」

この時点で、優里のSOSに積極的に対応できていれば、と悔やまれる。私への手紙には、1度目の保護のことをこう書いている。

〈児相と警察の連携がとれていなくて、警察にこれからのことを聞いても「わからない」と（略）。警察も児童相談所も、検察も、親が何を改善したら、（結愛ちゃんが）帰ってこられるのか、いつ帰ってこられるのか、答えてくれなかった〉

優里は解決の道筋をくれない児相に不満を募らせていった。手紙にはこうある。

〈子供の命を守るのが児相の仕事。だから仕事はもちろん精一杯してくださっていたのだと思います。でも「子供を保護して2か月たったから」そろそろ家に帰す準備をしましょうとか、そういう意味のない形だけのものでは何も変わらないどころか状況が悪化するだけだと思いました。2、3か月親と子を引き離しただけでは子供の安全は確保できないと、今になって思います〉

2度目の一時保護の後は、保護施設の職員に「もう4か月保護していますが、一般的には2か月くらいなんです」という言葉をかけられた。

「児相からも、『一般的には』『普通の家庭は』とほかと比べられてマニュアル通りに進められている気がしました。相談しても『そうですか』と言われるだけで、解決策をくれずに、いっそう迷うばかりで……」

さらに仕事をしている雄大に対してより、専業主婦の優里への面接が多かったことも、児相へのストレスに繋がっていった。

「毎晩、彼の帰宅は9時、10時でした。土曜日は仕事です。日曜日はお休みですが、出勤することもありました」

児相が雄大に何かを伝える時は、優里を通じて伝え、

「板挟みになった」という。加害親である雄大への直接の指導がなかったことに驚かされる。

2度目の一時保護解除の後、結愛ちゃんは定期的に医療機関を受診することになった。だが、ここも最後の砦《とりで》とはならなかった。

「病院も最初は、話を聞いてくれたので楽でした。安心感がありました。(母子でお絵描きや粘土工作などをする)アートセラピーがあって、母子関係がよくなったと先生に褒められたこともありました。でも、本当に解決してほしいことは別にあった。何が原因で子育てがうまくいかないのかを教えてほしかったんです」

この時期、雄大は結愛ちゃんの体重が増えないようにと優里に求めていた。一方、優里は結愛ちゃんにお腹いっぱい食べさせたかった。

「それでご飯にコンニャクを入れてもいいでしょうか、と尋ねたんです」

医師は質問の意図を詳しく聞かず、栄養士の指導を仰ぐようにと言った。

「私は掃除も、家事も、育児も好きでした。同世代のほかの人たちに比べたら、自信がありました。病院の食事指導の内容も、ほぼ知っていることでした。だから技術的なことを教わりたいのではなかったんです。自分は何もわかっていない人だと思われている。誰にも認められていないと感じました」

そんな時に雄大に「児相や医師は仕事で結愛の指導をしているだけ」と説教された。

「娘の将来を本気で考えているのは自分たち夫婦だと言われると、彼が言うことが正しいと思うようになりました」

優里は、雄大の教えが全て正しいと信じていたわけではない。しかし、長時間説教をされると、「彼の考えが自分の体の中に入ってくる」。しばらくして、それが緩むとまた締められる。その繰り返しだった。

優里は、「この時、医師から宿題の一つに、子どもをハグするという項目があったんです」と言う。ハグできないと訴えると、医師はその原因を問うことなく、「それではハイタッチにしましょう」と項目を変えた。優里は、「医師が自分のことをハグできない母親だと思っていると感じてしまった」と振り返る。

優里との面会で、何度か話題にしたのが「ハグ」についてだった。実は2度目の一時保護の頃からハグができなくなっていた。背景には雄大の支配があった。結愛ちゃんと仲よくしていると、「結愛を子ども扱いするな、構うな、くっつくな」と叱られた。

「以前、ハグはできていた。私が結愛を抱いている写真はちゃんとありますから」

優里は病院に提出するプリントの裏側には毎回疑問点を書き込み、いくつかアドバイスももらったが、最後までハグはできないままだった。

「裁判資料を読んで知りましたが、先生は結愛のアザにも気づき、児相にも伝え、話し合ったそうです。児相は、そのことで私を指導すると、関係が途切れるのではないかと恐れ、何もしなかった。アザがあったことを心配しているのなら、はっきりそう伝えてほしかったと思います」

東京に転居する話は、夫婦間では、春頃から出ていた。11月になり、雄大の気持ちが転居の準備に向かうと、結愛ちゃんへの叱責や暴力は少なくなった。一方、優里から見ると、引越しが近づくと、急に児相が熱心に、何度も住所を教えるようにと迫ってきた。優里は「今まで助けてくれなかったのに」という気持ち、さらに児相から、住所は調べられると言われ、圧力を感じた。それならそっちでと、意地になった。

このとき香川県の児相は、移管に伴う全国ルールを守らず、転居前に児童福祉司指導措置の解除をしてしまう。児童福祉司指導措置があれば、そのまま東京都の児相に移管されたが、関係は新しく作り直しになった。家族の周辺に、強い危機感を持つ人たちは複数いた。だが、結果的に支援現場では共有されなかった。

夫不在の1か月で、結愛ちゃんの「生活が緩んだ」として、雄大は、結愛ちゃんを優里から取り上げた。雄大が寝ている早朝しか、優里は面倒をみることができなかった。そして激しい暴力が幼い結愛ちゃんへ集中的に向かった。裁判傍聴でその一端を雄大本人が語るのを聞いたが、5歳の幼女がこれをどんな思いで受けたのかと身が震えた。たとえば2月26日には、勉強するようにと言いつけられたにもかかわらず、勝手に布団を出して寝ていたという理由で、雄大は結愛ちゃんを風呂場に運んだ。全裸にして手加減せずに10発殴り、自分が疲れたのでやめたという。

ただし、雄大が語ったのは限られた時期の暴力のみだ。密室で何が起きていたのか、全容は解明されず、雄大の刑は確定している。

　優里は雄大と19年4月に離婚した。当初私との面会で、優里は固い表情を見せていたが、徐々に目を合わせ、柔らかい表情や時には笑顔を見せることもあった。今DVの知識を獲得しつつある優里は、「香川時代、誰かに助けてもらわないと、自分だけでは解決できなかった」と語る。

　今回、手記を発表する決断をしたのは、彼女と同じような境遇にいる女性たちに、二度と同じ悲劇を繰り返させたくないという思いによるのではないか。私は、2000年当時、児童虐待防止法が施行された直後から児童虐待の現場を取材しているが、DVという観点から、児童虐待を深く考えたことはなかった。

　優里の手記を読むことで、改めて児童虐待の背景には、妻へのDVが複雑に入り込んでいることがあると強く意識した。優里が被った精神的DVは、第三者からは発見しづらい。DVへの対応の難しさを思うが、それでも、今後、行政や警察も、対策を講じてほしい。

　優里は手記で、雄大との関係を冷静に振り返っている。一見、支配の構造から逃れたように見えるが、雄大の公判で証言台に立った時には、突如、〈結愛をボロボロにした張本人である彼に土下座して謝ればよかったと後悔した〉と語るなど、優里が受けた精神的な傷は、いまだ回復途上にある。回復を続ければ、また異なる風景が見えるはずだ。回復とはそういうものだ。

　それでも彼女は、今回出版を決意した。

　彼女から届いた手紙にこんな言葉があった。

〈本当は人と会う力もない。何もしたくない。何もしなければ必要以上に批判されることもないから。でも（略）自分にとって良い事実も悪い事実も公表せずにただ時間が経つのを待っているだけじゃダメだと思った。私が発信することで（略）、危機感を持ってくれて命が救われるかもしれない。だから、私は公表したい〉

　私は優里の勇気を生かしたいと願う。

（文中敬称略）

【PROFILE】　早稲田大学第一文学部卒業。雑誌編集者を経て、フリーのルポライターに。これまで、子育てや親子問題、虐待死、自死をテーマに取材・執筆をしてきた。『ネグレクト　育児放棄——真奈ちゃんはなぜ死んだか』にて小学館ノンフィクション大賞を受賞。『ルポ　虐待——大阪二児置き去り死事件』『自死は、向き合える』など。

関連年表

2012年

3月20日	元夫との間に結愛ちゃん誕生。

2014年

8月	元夫と離婚。

2015年

11月	雄大、優里、結愛ちゃんが香川・善通寺市内で同居開始。

2016年

4月	雄大と優里が結婚。
8月	近隣住民から結愛ちゃんが大声で泣いていると通報。
9月	長男が誕生。
12月25日	自宅前に放置されていた結愛ちゃんを近隣住民が発見し通報。 警察が怪我を確認。翌日児相が一時保護。

2017年

2月	一時保護解除。警察が雄大を書類送検、後に不起訴。
3月19日	結愛ちゃんが一人でいるのを警察官が発見。 傷とアザが確認され、児相が2度目の一時保護。
4月	結愛ちゃんが通っていた幼稚園を退園。
5月	警察が雄大を書類送検、後に不起訴。
7月	一時保護解除。児童福祉司指導措置を開始。
8月	病院が結愛ちゃんの怪我を確認し、児相に通報。
9月	病院が結愛ちゃんの怪我を確認し、児相に通報。
12月	雄大、単身で東京に転居。

2018年

1月4日	香川県児相が児童福祉司指導措置を解除。
1月23日	優里と結愛ちゃんも東京に転居。
2月9日	品川児相が家庭訪問するが、結愛ちゃんに会えず。
2月20日	小学校の入学説明会は優里のみ出席。結愛ちゃんは姿を見せず。
2月25日頃	雄大が結愛ちゃんに冷水を浴びせ顔面を殴るなどの暴行を加える。 27日頃から結愛ちゃんは嘔吐を繰り返す。
3月2日	結愛ちゃんが死亡。
3月3日	警視庁が傷害容疑で雄大を逮捕。
6月6日	保護責任者遺棄致死容疑で雄大再逮捕。優里も逮捕。

2019年

4月	雄大と優里が離婚。
9月3日	東京地裁で優里の初公判。
9月17日	優里に懲役8年の判決、その後控訴。
10月1日	東京地裁で雄大の初公判。
10月15日	雄大に懲役13年の判決。

船戸優里（ふなと・ゆり）

1992 年、香川県善通寺市生まれ。2018 年 6 月 6 日、長女の衰弱死に際して、保護責任者遺棄致死容疑で逮捕。2019 年 9 月 17 日、第一審で懲役 8 年の実刑判決。執筆時点で控訴中。

結愛へ

目黒区虐待死事件　母の獄中手記

2020 年 2 月 12 日　初版第一刷発行
2020 年 2 月 23 日　第二刷発行

発行者　飯田昌宏

発行所　株式会社小学館
〒101-8001
東京都千代田区一ツ橋 2-3-1
編集 03-3230-5959
販売 03-5281-3555

DTP　株式会社昭和ブライト

印刷所　凸版印刷株式会社

製本所　株式会社若林製本工場

Printed in Japan　ISBN 978-4-09-388757-1

本書の印税は、二度と再び結愛さんのような事件が起きぬよう、関係機関が真に協力し合える関係を作り出すための基金創設にあてられます。

巻末資料

意見書

2019年６月13日
精神科医・臨床心理士
白川　美也子

> **編集部註：**本事件の第一審において白川氏は、弁護人から「なぜ優里さんは結愛さんを病院につれて行かなかったか」という点についての見解を求められ、拘置所にて優里氏の面会を複数回行った。公判前整理手続きの際、弁護人はこの時の診断及び面談記録を「意見書」として証拠申請したが、責任能力の有無が争点化することを避けたかった検察は、これに強く反対し、意見書は採用されなかった。本稿は紙幅の都合上、編集部が適宜省略した箇所がある。

1．はじめに

私は今年で医歴30年目にあたる精神科医および臨床心理士である。1998年に所属していた浜松医科大学より静岡県の被害者支援アドバイザーに任命され、ストレスおよびトラウマ性疾患を臨床対象にするようになった。以来、犯罪被害者とりわけ性暴力や児童虐待、ＤＶの被害者への支援および治療体験を積んできた。専門領域は女性と子どもの複雑性トラウマによる多様な精神障害や解離性障害の治療である。

2．本意見書の目的

私が優里さんの弁護人から意見を求められた点は以下の点である。

・優里の本件発生当時の心理状態について
・優里と夫雄大の関係が、結愛の虐待に与えた影響について
・その他これに関すること

これらについて、対人暴力被害、とくにＤＶや虐待の専門家の観点から、優里さんに面接を行い、心理学的な観点からの意見を提出することを目的とする。

3．面接状況

優里さんへの面会および心理テストは、2019年３月15日から６月７日にかけて、計７回、刑務官１名立会いのもと、アクリル板越しに口頭にて以下のとおり行われた。時間は最大30分であった。拘置所での面談は、録音ができないためメモを取った。そして退出直後、記憶が薄れないうちに、

メモをもとに全文を書き下ろした。本稿はその面談記録から引用している。質疑応答は太字で示し、〈　〉内が医師や心理士、地の文が優里さんである。

４．雄大氏のＤＶと虐待について

（１）ＤＶの基本概念

まず最初に、ＤＶ支援を行うものであれば、誰でも知るパワーとコントロールの車輪を提示する（図１）。

図１

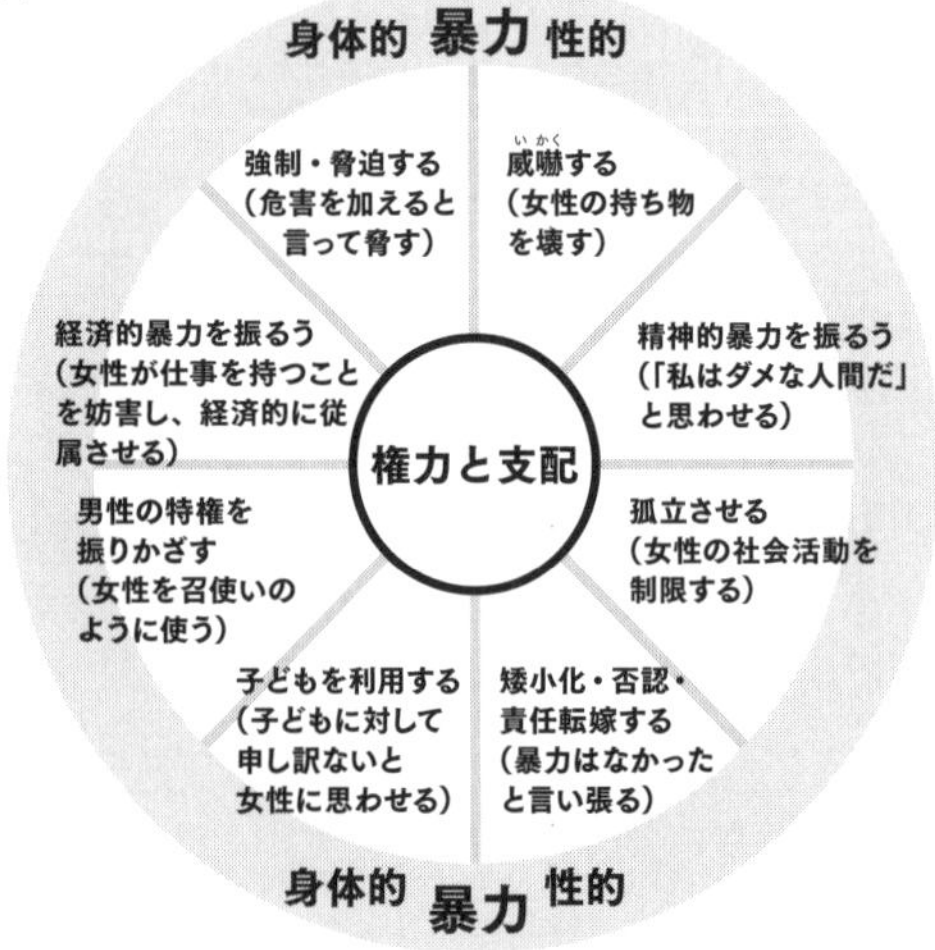

※実際の意見書に掲載された図を簡略化している。

一般にドメスティックバイオレンスという言葉で想像される、叩く、殴る、などの身体的虐待は輪の外周に存在する現れの一部にすぎず、ドメスティックバイオレンスの本質は、その中心にあるパワーとコントロール（権力と支配）であるということが表現されている。

次に暴力のサイクルという概念がある。暴力のサイクルは1979年にレノア・ウォーカーが1500人の女性にインタビューを行い、そこから導き出したパターンである。

このパターンは１：蓄積期、２：出来事、３：和解、４：平穏期の繰り返しとして示されている。２における突発的な暴力が起きた後に、多くの場合、極度に加害者が優しくなることが多いことから、１：蓄積期、２：

暴力爆発期、3：ハネムーン期という3つの時期が繰り返されるパターンとして提示されることも多い（図2）。

図2

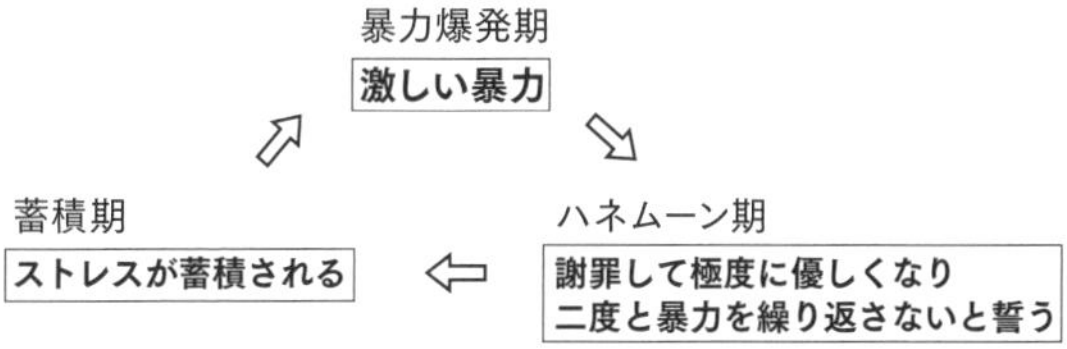

参照：内閣府HPに掲載された警察庁資料

このパターンは、その繰り返しのなかで、被害者が無力化され、また自責に囚われ、加害者から離れなくなっていくＤＶの根幹となるパターンである。たとえば、暴力をふるった直後に優しくされると「こんなに優しい人なのだから、暴力をふるわせる理由が自分にあったのだ。今度こそ失敗しないようにしよう」と考える（ハネムーン期）→しばらく時間がたつと加害者が次第にイライラし始める→「また私が怒らせてしまったのかしら」あるいは「怒らせないように気をつけなければ」（緊張期）→そして実際に暴力を受ける→「私のせいだ」→暴力後は急に加害者は優しくなる、等の繰り返しのなかで、被害者の自責や罪悪感は強化されていく。

（2）結婚前から繰り返されていたＤＶのサイクル

これらの資料をアクリル板越しに提示し、優里さんにＤＶのサイクルがなかったか訊ねた。

出会ってから、事件が起きるまで、ずっとその繰り返しだった。同じパターンだったと思う。最初は夫が結愛をしつけて（出来事）、それから結愛が怒られないように努力をしていた。そして夫がいなくなって普通の気持ちに戻るときには、甘やかしながら、バレないように「（結愛は）毎日頑張っている」と嘘をついて、日曜日とか気になったときには、なるべく（夫と結愛が）顔を合わさないようにしていた（平穏）。気になってくると怒りはじめるので（緊張の蓄積）、しばらくは怒っていて（出来事）、少しすると落ち着いて（仲直り）、私たちが緩んでくる（平穏）。そうすると「締め直して」くる（緊張の蓄積）。その繰り返し。

結婚以前、当初からＤＶのサイクルはあったことが聞き取られた。弟の出産後からは、とくに結愛さんへの見せしめ的な叱責や、「しつけ」の強要、結愛さんへの暴力の脅し＝母親に対する精神的ＤＶという形を通して、サイクル：暴言（隠れた暴力の可能性あり）→おさまる（しばしの平穏）→緊張期（締め直し）→暴言の爆発（隠れた暴力の可能性あり）が繰り返されていたことがわかる。

雄大氏の言うしつけ行為自体が、表面的に「子どもや妻の今後のため」という正当化を背景にした男性的特権意識に基づいた加虐的な暴言（そして裏での暴行）であり、ＤＶと児童虐待が表裏一体でセットになったものともいえる。優里さんは、そういう状況のなかで、一層無力化されていった。

（３）ＤＶの車輪による支配

優里さんにＤＶの車輪に基づいた聞き取りを行ったところ、結果として経済的な暴力以外の、ＤＶの特徴である「権力と支配」に根ざす行動が日々繰り返されていたことがわかった。具体的には、威嚇、精神的暴力、友人や実家、児童相談所などの社会的支援からの孤立、お前のせいで叩く、などという責任転嫁、暴力を些細なことにし、女性の心配をまじめに取り上げない、暴力はなかったと言い張る暴力の否認や矮小化、しつけができていなかったことに対し子どもに申し訳ないと女性に思わせたり、子どもを取り上げると言うなどの子どもの利用、女性の体型や食事量に対する女性像の押し付けにも表れる男性の特権の振りかざし、強制や脅迫などである。

「お前は子育てができない」と言われた。私の家族を否定して、おまえの両親が育てたから、私みたいなバカ娘ができたという。バカ、気遣いができない、言語障害、発達障害と言われた。

（結愛を）「お前のせいで叩くんだ」と言っていた。言葉で子どもをすごく責める。私が結愛に怒ったことを聞かれると、そのあと、そのことに拘る。

（結愛に）夫に対してだけでなく、私に対しても謝れと言う。「いいよ」と私が言うと、私がしつけなかったことで、夫の怒りがむいて、また「しつけろ」と言ってくる。

〈子どもにあなたが怒るように強要するのですね〉そう。割って入るとヒートアップしてしまう。どんなことを言ってもヒートアップして、より叱るのが激しくなってしまう。止まらなくなってしまう。呼ばれたら入るけれど、自分から入らないようにしていた。子どもを守ろうとしても（中略）もっ

と怒る。何もしないとやっと怒りが収まる。介入すると喧嘩になってしまう。

5．子どもへの暴行（虐待）を目撃することがもたらした二重の傷つき

（1）雄大氏の結愛さんへの虐待は、優里さんへのＤＶでもあった

長男を出産後の平成28年11月、雄大氏は優里さんの目の前で、結愛さんの腹部を蹴るという激しい暴力を行った。この時は優里さんはこれに抗議することができたが、にもかかわらず雄大氏は、この暴行は結愛の為であり、しつけのためだとの説明を執拗に繰り返し、正当化を図っている。優里さんへの身体的暴行は、本人からの聴取によると「ない」ということだが、それでも、小突く、鼻をつまむ、頭をたたくという威嚇的暴行は頻繁に行われている。虐待とは、直接本人への身体的暴行だけではない。近親者に対する暴行も虐待であり、これへの恐怖による心理的抑圧もまた虐待である。この結愛さんに対する腹部を蹴るという暴行を目撃したことは、優里さんに対する虐待でもあり、これを契機に、その後の生活で、一日のうちに、何度もその場面のフラッシュバックを起こすようになり、雄大氏が優里さんを精神的に支配することを容易にした。すなわち、このような暴力をいつ子どもが受けるかも知れないということは、子どもを身体的に傷つける（傷つけられるかもしれない）恐怖を通じ、母親への権力と支配を強める母親に対するＤＶでもある。これは子どもを利用して母親を支配する典型的方法でもある。

（2）結愛さんへの暴行目撃は優里さんのトラウマとなった

優里さんにとって、雄大氏の結愛さんへの激しい暴力は、ことさら大きな衝撃となっている。

〈夫は手を出した？〉娘に。下の子には出してない。〈一番ひどいこと〉一番最初にお腹を蹴ったのを見たとき。〈いつ頃？〉11月（平成28年）

編集部註：DSM 5（アメリカ精神医学会による診断基準）における PTSD の前提基準であるＡには以下のように記されている。「実際にまたは危うく死ぬ、重症を負う、性的暴力を受ける出来事への、以下のいずれか１つ（またはそれ以上）の形による曝露《ばくろ》：1.心的外傷的出来事を直接体験する。2.他人に起こった出来事を直に目撃する。3.近親者または親しい友人に起こった心的外傷的出来事を耳にする。家族または友人が実際に死んだ出来事または危うく死にそうになった出来事の場合、それは暴力的なものまたは偶発的なものでなくてはならない（４は略）」。すなわち結愛さんへの暴行は、PTSD となる出来事の前提基準２を満たすことがわかる。

〈娘さんがお腹を蹴られたのを見たことに焦点を当てて聞いていきますね。命の危険？〉そのときは感じなかった。初めてだったので、命の危険、というよりは「なんでこんなことをするんだろう」と。今までの家庭や生きてきた環境は暴力と無縁だったので。親に叩かれたことすらなかった。とにかくびっくりして、「やめて！」としか思わなかった。
〈強い恐怖、無力感、恐れ？〉恐怖があった。あと（夫が）蹴った後に「なんでそんなことするの。やめて！」と言ったときに「お前が泣いている意味がわからない」「お前が庇っている意味がわからない」と言われて。夫の考え方や言われたことに対するこわさ、恐怖感もあった。

> **編集部註：**白川氏は、ここで（DSM ５では削除されたが、臨床的には重要な）DSM ４における診断基準Ａに該当する出来事に対しての主観的感覚（生命の危険）と感情（強い恐怖や恐れや孤立無援感）について、優里氏から聞き取りしている。

雄大氏が結愛さんを暴行している場面を、優里さんが直接目撃したことは少ないにもかかわらず、優里さんは当初のこの暴行の場面について、現在でもフラッシュバックしていることがうかがわれる。

〈フラッシュバックが起きたら？〉苦しいのが出過ぎたら抑えて見えないようにしていて。

- **〔考え・感情・会話の回避〕自分からあえて考えるようにして、自分を苦しめている。でも周りに見えてはいけないから、そこで気持ちを抑えている。**
- **〔活動・場所・人物の回避〕行きたくないけど行きたい。聞きたくないのに聞かずにはいられなくて。**
- **〔出来事の重要な部分についての想起不能〕どれが現実なのかと、ぼやけてしまって。**

（中略）覚えていない部分が多い。〈思い出そうとしても〉あまり思い出せないと思う。

第１回の保護以前の平成28年11月に、優里さんが雄大氏による結愛さんの暴行を目撃し、これに激しいショックを受けたこと、それが反復継続して思い出されている（フラッシュバックしている）ことは、以降の経過に大きな影響を与えた。まず激しい暴力を見せつけたことによって、その後は、暴力のそぶりや暴言だけで、容易に優里さんをコントロールできる状態になる。実際、結愛さんへの暴言や暴行はこの事件を契機にエスカレートし、

当初優里さんに対して行われていた説教が、結愛さんにも拡大していく。結愛さんへのしつけや説教は間接的に優里さんへの精神的ＤＶでもあり、雄大氏に二重の精神的な満足を与えたかもしれないのである。

また、激しいショックを受けたことにより、それに関連する出来事を思い出したり考えたりすることを極力避けようとしたり、思い出させる人物や状況や会話を自分の方から避けてしまう、いわゆる回避症状を発症させることがよくある。優里さんは、結愛さんの暴力に関連する回避症状によって、そのことについて考えること、言及すること、想起することが困難であり、かつ結愛さんに接触することも無意識的に回避していた可能性がある。その状態は現時点でも続いており、事件当時はこの傾向をより強く持っていたことがうかがわれる。

さらに、後述するように、現実感がなくなってしまう解離の状態も呈しており、これも事件当時はより強かったことがうかがわれる。

結愛さんへの雄大氏の激しい暴行を目撃した後、それから数か月後に結愛さんは保護されているが、優里さんが児童相談所と接触した時点で、既にこのような回避・麻痺症状や解離を有していたことが、支援を受けることをより困難にした可能性がある。

編集部註：意見書は当初、逐語録に白川氏が診断をしていく過程が併記され、さらに心理士・深川珠央氏による、それを裏付ける心理学的質問を行った記録をもとに「心的外傷後ストレス障害／PTSD」と「特定不能の解離性障害：長期および集中的な威圧的説得による同一性の混乱」という診断がなされていた。しかし公判の事前打ち合わせ前に、診断名がつくことで責任能力の問題が浮上することを懸念した検察側から診断名や専門用語を用いず、ＤＶによる影響に焦点を絞ってほしいという依頼があった。そのため書き直されて提出された。上記文章のうち、激しいショックというのがトラウマを意味する。PTSD の症状のうちの①再体験症状（フラッシュバック等）②回避症状・麻痺症状や、解離性障害による症状が、その後の成り行きや行動に影響を与えたことを、診断名を用いず説明しようとしている。

６．「話し合い」や「説教」という長期・集中的な威圧的説得によるＤＶ

（１）説教による精神的支配

雄大氏は、優里さんに対して大きな暴力は振るわず、説教や、結愛さんに対する暴言や暴力の脅しを用いて精神的支配をしていた。

籍を入れる前からたびたびの説教があった。最初は私の為なんだろうと思っていた。籍を入れてからすぐに耐えられなくなった。（中略）毎日３時

間くらい説教される。（中略）正座しろとは言われないけれど、どんなにごめんなさいと謝っても、言葉ではダメで、反省を態度で示せと言われる。ごめんなさいだけでは許されない。だから自分から正座をする。それでもダメだから、髪を抜いたりする。自分で太ももをアザができるまで叩いたりする。結愛に対して、夫に怒られないように、これがんばろうねとやっていく中で腹が立つことがあったりすると、結愛を叩くのはおかしいから自分を叩いていた。

今思えば、あの人は「説教なんかしたくないし、おまえと暮らしていけるためにやっている」と言っていた。（中略）説教が終わっていたら、（私が夫に）怒ってくれてありがとう、と言う。説教を必死で記憶して、説教が終わった直後に、「原因はこれでした。次は同じミスを繰り返さないようにします」、と携帯にメモをしたり、書いたりしていました。

籍を入れる前からの１日３時間の説教は尋常なものではない。ＤＶ加害を行う人が、当初被害者にとって、人当たりよく親切な人であることは通常であり、また家庭内で暴行を行っていても、周囲には全くそれと知られない「よい人」であることは往々にして見られる。付き合い始めてから支配は始まっており、籍を入れることすら、ＤＶ下において、少しでも雄大氏の機嫌がよくなるための妥協であったかもしれない。ＤＶ事例において暴力を日常的に受けているのに籍を入れてしまうことは臨床的にはよく見られる。それは加害者が籍を入れないことで怒り暴力をふるうからであり、それと類似しているのである。

実際に、「おまえと暮らしていけるためにやっている」という正当化のもとに、反省を態度で示すように言われ、本人が正座をしても、抜毛しても許さず、結局優里さんが太ももを叩くという自傷に至るということが繰り返されていた。これは暴力をふるわないで配偶者をいたぶり、自傷をするしかないところまで導く陰湿なＤＶである。そして、「説教の内容を記録し、その説教が与えられたことをありがたく思うことが表現されないと許さない」という一種の儀式化が繰り返されていたことがわかる。雄大氏の支配性と加虐性の強さを物語るエピソードである。

説教の一番ひどかったのは結愛を蹴る前でした。毎日２～３時間説教されていました。息子が生まれて、結愛を蹴るのを見てからは、１週間に一度は結愛にむくようになりました。夫と結愛が話し合いを始めると、息子

が邪魔するので、そのうち別の部屋でやるようになりました。〈それはいつ頃から？〉息子の成長が早くて、つたい歩きも早くて、10ヶ月目で歩くようになったから、それくらいから私と息子と離れたところで説教をしていたと思う。〈そのときの様子について教えてください〉声を荒らげることはしない。語りかけるように話す。内容は聞いていたと思うけれど、今は思い出せない。怒鳴ることはあったけれど、傷が残るようなことはしない。でも頭は叩いていたと思うし、それを見たことがある。〈あなたへの説教は？〉私への説教は毎日から２日に１回くらいに少し減りました。保護中は、当然説教は私がされます。帰ってくると（私への）説教は減りますが、平日は、基本的に私が説教をされます。

結婚前から優里さんに向いていた説教という形でのＤＶが息子の出生後に、結愛さんにもむくようになった過程がわかる。週に１回程度は、結愛さんにむかっての激しい説教があり、息子の成長に従って、別室で「話し合い」をするという特異な形態を取るようになっていった。雄大氏の優里さんへの説教は、腹部を蹴るという最初の強度の強い出来事の目撃以降、結愛さんにも及ぶようになったのである。

（２）「しつけ」という虐待とそれを用いたＤＶ

入籍後は、「しつけ」という体罰もエスカレートしていった。その詳細は次のようである。

例えば私が歯磨きのことで結愛を怒ったことを聞くと、「歯磨きはしたのか？」と子どもに聞く。子どもが面倒くさいから嘘をつくこともある。そういうときに（中略）問い詰めていく。夫からしつけをしろと言われていたから、次に夫がチェックしたときに、できていないと、結愛が自分のせいで叱られるから。(中略)〈彼の言うしつけとは？〉最初は優しく教えてあげて、少しずつきつくしていく。頭ごなしに怒るようなことはない。

夫に対してだけでなく、私に対しても謝れという。(結愛に)「いいよ」と私が言うと、私がしつけなかったことで、夫の怒りが（私に）むいて、また「しつけろ」と言ってくる。〈子どもにあなたが怒るように強要するのですね〉そう。私に対して怒るときには、(夫は）私のことを「バカ」「直してやっているんだからしょうがないと思え」などと言い、「結愛にしつけができてない」と怒る。同じ失敗をして、ごめんなさいと謝っても反省点

を追及してくる。「腹落ちしていない」と言ってくる。
〈子どもを怒っている時に近づけなかった理由〉２人（夫と結愛）が話し合っている時に、割って入るとヒートアップしてしまう。（中略）より叱るのが激しくなってしまう。止まらなくなってしまう。（中略）子どもを守ろうとしても「守ろうとする意味がわからない（中略）」と言ってもっと怒る。何もしないとやっと怒りが収まる。介入すると喧嘩になってしまう。

優里さんは雄大氏から、自分もしつけをするように強要され、行わないとなじられ、雄大氏の「しつけ」を止めに入ると余計にひどくなるというダブルバインド（二重拘束）的なＤＶを受け続けていた。雄大氏の暴言が、結愛さんが再び傷つけられるかも知れないという恐怖を引き起こし、闘争－逃走反応が引き起こされるが、結愛さんをかばったり、助けにいこうとしたりする（闘争）と、もっと暴力がひどくなり、かといって結愛さんを置いて逃げること（逃走）もできない状態が続いた。このような葛藤は、フリーズ（凍結反応）を引き起こし、思考停止状態に陥ることで雄大氏の支配とコントロールが容易になるという効果をもたらしたものと思われる。

また結愛さんへの虐待は、「しつけ」であり、「いい子になるための話し合い」という形で正当化されていたことがわかる。

（３）長時間反復される説教による洗脳的状態

以下は、優里さんが、洗脳的状態にいたっていく原因としての夫の説教について、最初に語ったときの内容である。

夫との話し合いの中で、子育ての方針や私の生活態度を指導してくれるときがあった。でも自分としては夫からの指導とは意見が合わなくて。それでも夫が家族の中心だから、夫の機嫌が良いと、段々旦那のことが正しいと思うようになってくる。今思うとおかしい。
〈今はそう思えるんだ。「指導してくれる」と言ったけど、親切だったんだと思う？〉親切だったと思う。
〈教えてくれる、と思うけど、正しくないと今思うんだね（後略）〉はい。

雄大氏が、優里さんに行い続けていた一日２～３時間にわたる説教の内容は、夫婦関係をよくする、親子関係をよくする、子どもをよい子に育てるということで正当化され繰り返される洗脳に近い行いだった。

自分に起きたこととしては、最初からずっと離婚したいと思っていたけれど、時々、説教の後とか、優しくしてもらったときに、やっぱり離婚したくないと修正されるときがあって、そういうときに限って「離婚するぞ」と言われて脅える。息子のことで、私が子どもを育てるとろくな子どもに育たないといっていた。(私は)何十回も、娘は引き取ると言っていた。そう言うと、息子にむかって「(離婚すると)母に捨てられるぞ」と嫌味を言った。

貶められ、自らの産んだ２人の子どもを半ば人質にされたような状態（娘を守るために、別れようとすると長男を意識させられる）は、子どもを利用した虐待の一典型であった。

７．支援を拒否した心理的な状態について

（１）介入が生む加害者のストレスの増幅

支配性の強いＤＶ加害者の生み出す悪循環に変化を及ぼすことができるのは、外からの介入しかありえない。しかし、優里さんは、そのような外からの介入や支援を拒否している。なぜ介入や支援を拒否したのか、その時の心理状態はどのようなものだったのか、は検討されなければならない。

優里さんは児童相談所に関して次のように述べている。

〈児童相談所の関与を断った理由〉児童相談所が家庭に入ってくると夫のストレスになって夫の機嫌が悪くなり、結愛への暴力が増える。夫がストレスなく機嫌よくしていれば結愛は何もされない。香川児童相談所では、変な対応もされた。もとから「愛情のない母親だ」と考えているのが伝わって来る。決めつけられたと感じている。あと、自分を殴って結愛に当たらないようにしていると言っても、そうなんですか、で終わってしまった。胃腸炎になるくらい苦しいと言ったのに、そうなんですか、で終わった。だから児童相談所には頼れないと思った。

児童相談所の話をすると、（夫は）不機嫌になってしまう。「こういうことを言われた」と（夫に）伝えて、自分の意見を言っても、夫の意見が間違っているのがわかるようなときにも（夫は）反論してくる。だから（今までと）同じように（児童相談所の人にも）会いづらくなっていった。

（2）支援者が見逃した優里さんのシグナル

児童相談所に相談し、介入されれば夫の「説教」は増し、結愛さんも被害を受けやすくなる状況で、優里さんが必死で状況を伝えようとしても、その援助希求がそれと受け止められていないと感じていた様子がわかる。「（結愛に）暴力をふるえないので自分を叩くしかない」「胃腸炎という形で心身症状が出ている」という必死の訴えを、児童相談所が危機として受け止め、それを優里さんにわかるように伝え返すことはできていなかった。

一時保護をされると優里さんへの説教が始まること、帰ってくると落ち着くこと。これは、介入により結愛さんへの虐待の危険は回避されても、残された優里さんへのＤＶはひどくなることを裏書きしている。そしてこの間に、ＤＶ被害者の特徴である加害者への同調がより増幅し、結愛さんの保護が解除され、帰宅するころには、優里さんと雄大氏との被虐を通じた絆が強化されてしまっていた。このことは、１回目の保護の時には、初回面接に涙を流していた優里さんが、それから半年後の２回目の保護が解除される７月には、淡々と迎えにきたと評されるほどに、感情が平板化していることにも表れている。

またこのころには、優里さんは結愛さんをハグすることすらできず、児相や医療センターの指導で、２回目の保護の解除後、ようやくハイタッチができるようになったことが児相記録にあらわれている。夫の威嚇や脅しに対しフリーズして、夫に対抗することが難しくなり、回避症状によって結愛に触れることができなくなっていたことがうかがわれる。

要するに、児相の介入によって、優里さんは雄大氏の連日の長時間の説教にさらされ、より支配されることになった。さらに雄大氏を危機にさらすことになる児相の介入や支援を拒否することが、雄大氏のストレスを抑え、家庭内を平和に穏便にする道であると、思い込むようになってしまっていたのである。我が子をハグするという母親としては当然の行為も、雄大氏の虐待を誘発する行為であり、これを無意識のうちに避けるようになってしまっていたことに、支援者らは気づいていなかった。

（3）優里さんの精神科受診が継続しなかったこと

また優里さんは医療を頼らなかったわけではなかった。

自分を治してほしくて病院にも行った。親をどうにかしないとそういうのってなくならないって。自分がおかしいと思っていて。でも精神科は薬

だけで話を聞いてくれなくて。それで、やっぱりおかしいなって。治療を受けて夫からも逃れたかった。「それおかしいよ」って言ってもらって逃れたかった。でも「あなたは大したことない」と言われた。これで精神科の先生はダメだと思って。

ＤＶのサイクルのなかで、被害者には、学習性無力感が引き起こされる。極限的な状況にある人は、援助希求を持っても、一度の失敗で諦めてしまい、継続的に支援を求めることができなくなることがよくある。

（4）雄大氏への同調・同化

ずっと児童相談所を私が追い払うと感謝すると言ってくれていたから、それがうれしかった。

優里さんは、児童相談所が介入すると夫の機嫌が悪くなり、結愛さんへの説教と、隠れたところでの暴力が増え、さらに自分への説教も増える状況のなかにいた。そのような状況のなかで、「感謝する」という優しい言葉をかけられるとそれがうれしいと感じるようになる。これは、暴力や虐待など力の不均衡のある関係では、支配的な力を有しているものに同調、同一化することでかろうじて自分を護ろうとする心理である。加害者である支配者の機嫌を損ねず、密接な関係を保てば自分の身は安全であることから、加害者と親密な関係を保とうと努力するのである。この心理は、被監禁者が監禁者に同調・同化する心理と共通のものであり、ＤＶ被害女性の心理状態として一般的なものである。

８．児童相談所記録からわかる母親の心理状態の悪化について

以下、児童相談所記録より、優里さんの心理状態が悪化していく様子がみてとれたため、抜粋する。※《　》内は児相記録

児童相談所を訪れたのは、平成28年11月の結愛さんへの暴行後２ヶ月を経た時期であった。

《本児（結愛さん）の話では、本児を庇って母親も殴られることもあるとのこと》

このように結愛さんが、ＤＶを開示していたにもかかわらず、女性課との話し合いで、母親優里さんの保護がなされなかった。

平成29年１月18日の一時保護中の面談においては、

《母は久しぶりに本児に会い、涙を流していた》
というように、母親はまだ感情を表現することができている。
一方、結愛さんは
《養父について、パパは怒られるから嫌、会いたくない、と話している。なぜそれを母に言わないのか、と聞くと、ママに怒られる、困らせるから、と答えた》
という記録がある。母親の暴力を伝えると、母親が義父に抗議をすることで暴力を受け、母親が説教をされるという状況を認識しているかのごとくみえる。
一時保護解除後の平成29年３月14日の家庭訪問の記録では
《(結愛さんは）弟が寝たときには（母に）かまってもらいに来るそうで、以前はそれさえも遠慮していたが、今は甘えてくる。(中略）母にとっては家族がストレスを抱えている状態がストレスになると述べている。》
ここにおいて、母子の関係は若干改善してきているようだが、この影には先にも書いたように優里さんが夫の不在時に、子どもとのよい時間を作るように必死に努力していたことが関係している。しかし、児童相談所の介入という事態に、夫の警戒心は強くなっていった可能性がある。
平成29年３月19日に２回目の一時保護が行われる。そのとき、雄大氏は、自分は家族をよくするために努力をしていただけであり、保護は結愛さんが施設に戻りたいための問題行動であったと主張しており、児童相談所側が、彼の問題性を捉えていなかった可能性がある。
平成29年７月30日に一時保護が解除されたときの母親の様子は次のように描かれている。
《母の方も、本児を抱きしめたり、本児の手をひいたりということはなく、「結愛、帰るよ、靴履いて」などと淡々としていた。》
一時保護中は、優里さんに対する説教はひどくなると優里さんは述べていた。淡々としていたという記述から、この時点で、既に解離、感情麻痺、抑うつなどが出現していた可能性がある。
優里さんは２回目の一時保護解除の条件の一つとして、医療センターへの診療を義務づけられた。平成29年９月25日および10月２日、10月25日の主治医の言及からは、主治医が再婚後の優里さんの変調（過食嘔吐、下剤服用、不眠など）を把握し、優里さんが（ＤＶによる）支配から抜けられないということを理解している。一方で優里さんは主治医の診察のなかで、別れる・離婚するとも述べ、不安定な状態にあることがわかる。ＤＶ被害

者が、相談を受け始め、状況を認識し始めるとき、ＤＶ家庭での諍いは増え、ＤＶによる支配がより強くなることが認められる。

以上の記録からも、１回目の保護の頃にはまだ感情がみられていた優里さんが、次第に精神状態も悪化し、解離や抑うつも深まり、保護期間中の夫の支配により、２回目の保護が解除される７月ころには、結愛さんをハグすることが困難になっていった様子が推測される。

９．上京後の心理状態について

（１）優里さんの完全な孤立化

優里さんは香川にいて、夫が日中いない場面では、まだ精神的な抵抗を行うことができていた。

一時保護が解除されてからは、めちゃくちゃがんばってとめていた（結愛を夫に会わせないようにしていた）。２月中は会話もさせないようにしていた。夫がいる朝とか、（食事の）準備をしているときには、あらかじめおにぎりを作っておいて結愛が食べれるようにしていた（居間や食卓に行かせないようにしていたとの意）。行った後は自由にできるようにした。

一時保護が解除された後には優里さんは雄大氏を、結愛さんに会わせないよう、会話さえさせないように努力をしており、夫が出ていったあとは結愛さんを自由にできるようにしていたことがわかる。これは香川で、夫が仕事で日中いないという状況のなかで可能になったことである。しかし、上京後は、優里さんは児童相談所や医療との繋がりを絶たれ、支援から引き離され、完全に孤立化する状況となった。

（２）結愛さんの雄大氏による独占

〈東京に来てからの彼とのことをできるだけ細かく教えてください〉東京に来て、夫はパソコンで仕事を探していた。（結愛に）説教をするときには部屋を別々にする。息子が話し合いの邪魔に入るから。私たちが最初に着いた瞬間には「早かったね」「今日は外に行かなくていいよ」と優しく言ってくれました。（中略）３日目は、みんな（３人）で外に出ようということになった。結愛を外に出すのはごほうびだと決められていた（ので置いていった）。嫌だったけれど、（私が）外に出ないと（夫の）機嫌が悪くなる。夫の就活中は息子が夫のパソコンの邪魔をするので、息子をつれて外に出

るようになった。帰るのが昼ご飯中だと（夫の）機嫌が悪くなるので、2時すぎに帰るようにしていた。

東京に来てから夫は職探しをしていた。それに合流した優里さんら3人に対して、雄大氏が優しかったのは最初の数日だけで、まるで人払いをするかのように、結愛さんを独占するようになる。結婚前後から優里さんに対してDVの一環として説教をしていたことを、職がなかなか見つからないストレスもあったのであろうか、結愛さんに対して繰り返すようになっていた。既に香川にいた時点で、外出はご褒美だということで（結愛さんの）外出制限がなされていたが、優里さんが昼時に帰ると機嫌が悪くなることから、しつけに関連して食事を食べさせないことによる結愛さんの反応（懇願と謝り）による支配に没頭していた可能性が高い。

〈実際に結愛さんへの食事を作ってあげられていたのはいつまで？　おにぎりを作ってあげていたというような〉香川県にいるときには食事の支度は私が全部していた。休みの日には夫が思う正常な食事を夫が気づかないように食べさせていた。〈量としては少なかった〉私はもともと、よく食べるので、人間というより、女性として普通な量なのかなと思っていた。
〈東京に来てからは？〉食事は自分がやるから作らなくて出かけろと言われた。自分は子どもに必要な栄養量は知っていたけれど、夫は、自分がすべてわかっているから任せろと言った。
〈2人でいる時間はなかったの？〉夜も結愛は結愛の部屋、夫は寝室、私と息子はリビングにいることが多かった。
〈結愛さんは何か言ってこなかったの？〉朝とかは話す機会があったから、お菓子を買って来るねといって、こっそり渡すことはあった。

結愛さんの栄養管理については、香川にいたときの、こっそりとおにぎりの差し入れをするなどという行動もとれず、夫の決めた量では少ないのではないかという疑問はありながらも（だからこそお菓子をあげていた）、日々繰り返される洗脳的な説教のなかで、「夫が思う正常な食事」「自分はよく食べるから、これが女性として普通な量なのか」という認知のゆがみも生じ始めていることがわかる。

なお食事については、優里さん自身も香川時代から夫の前では食事をすることができないか、極度に少ない量しか食べることができない状態にな

っており、隠れて食べては下剤で排出する行為を繰り返していることが児相記録からも明らかである。「女性としての適正量」などは存在しないにもかかわらず、雄大氏の歪んだ女性像による刷り込み（洗脳）が完成している。

（３）暴行後の状況

〈結愛さんが痩せていることに気づいたのは？〉結愛が吐くようになって髪の毛にまで吐いたものがべったりこびりついていた。自分でお風呂にいれるねといって、いれたら、ものすごく痩せていたのでびっくりした。
〈それまではお風呂にいれていなかったの？〉結愛は、香川にいた頃から自分ひとりでお風呂に入っていた。夫が４～５歳だったら、一人で入るように言ったから。私は一緒に入りたかったけれど、私が一緒に入ったら夫の機嫌が悪くなるから、自然と一緒に入ることはなくなった。

優里さんは、入浴という母親としての通常の関与を、雄大氏のＤＶおよび虐待の一環としてできないようにされていた。昼間は結愛さんと引き離され、一緒に外出もできず、夜も一緒に寝ることができなかった優里さんは、極限的な状態になって動けなくなった結愛さんを、ようやくお風呂にいれることができた。この時初めて、優里さんは結愛さんの全身を見たことになるが、この時の心情を以下のように述べた。

〈結愛ちゃんをお風呂に入れて痩せているのに気づいたときの気持ちを教えてください〉…しんどそうだなと。でも、見ないようにしていたと思う。大丈夫かな、きっと大丈夫と思っていました。

「見ないようにしていた」というのは否認の心理機制であり、優里さんが、結愛さんの危機的な状態に気づいていたと受け取れる言葉である。しかし、重要なのは、これは単なる否認ではなく、心が分裂したような状態とともにあるということである。はっきりと認識できる状態であり、見たに違いないことを、「見ないようにしていた」との表現にあらわれる非現実感と現実回避の心情、また「大丈夫」ではないにもかかわらず「大丈夫かな、きっと大丈夫（であると思いたい）」と、気づいた衝撃に加え、「大丈夫ではない」「大丈夫」という相反する意識を反芻するしかない心理状態にあった。これは、現実をそのまま認めることを脅威と感じる時に、心理的防衛機制として、目の前の現実を現実としては意識していても現実として認めたく

ないがゆえに、無いこととする心理状態である。

優里さんは面接を開始した当初から、「自分が死んだ後の世界から見ているような感覚」と述べていた。否認によって現実を見据えることもできず、死後の世界から眺めるというような状態では、行動することは到底困難である。このときの、客観的には常軌を逸した心理状態は、夫からのＤＶと娘への虐待に日々さらされることなくして起きる状態ではなかった。

> **編集部註**：白川氏は面接当初から「特定不能の解離性障害：長期および集中的な威圧的説得による同一性の混乱」という診断を行っていたが、上記状況から診断名について明記できなかった。そのため、ここでは「死後の世界から眺める」という言葉をそのまま使うことによって、解離状態では、適切な行動が困難であったことを表現しようと試みている。

10. 終わりに

警察でも、検察でも、みな、ほんとうのこと、ほんとうのこととみんな言うけれど。ほんとうに私が100%悪いんです。
〈100%虐待を容認していたということは、「私がみてるから、やりなさい」という態度であったということ。あなたの態度はそれであっていたの？〉
結果からみればそう思われても仕方がない。自分を守る＝“いいわけ”と捉えられて来たから、それ以外に考えることができない。結愛さえわかってくれていれば、それでいい。

優里さんの心はようやく覚めかけてはきているが、夫によって未だ洗脳されたような状態にある。雄大氏からの仕打ちを語ることは言い訳にしか捉えられない。母親が子どもを救えなかったことへの自責の深さが、事実を語ることを阻害している。「結愛さえわかってくれていればそれでいい」という言葉は、彼女が「ほんとうのこと」を語れていなかったことを示しているのではないか。

今後、優里さんの洗脳的状態が解けてくると、忘却されていた記憶や、夫に対するより深い怒りや恨みが出てくる可能性がある。また自分がＤＶ下の支配コントロールのなかで娘を救うことができなかったことに対する自覚が深まり現実感を取り戻す過程で、希《き》死《し》念慮《ねんりょ》が出てくる可能性がある。優里さんは未だ治療が必要な状態にある。